U0501051

花园里的机器人

A Robot In The Garden

〔英〕黛博拉·因斯托　著

柯　宁　译

北京联合出版公司
Beijing United Publishing Co.,Ltd.

图书在版编目（CIP）数据

花园里的机器人 / （英）黛博拉·因斯托著；柯宁译. — 北京：
北京联合出版公司，2018.8
ISBN 978-7-5596-2320-1

Ⅰ. ①花… Ⅱ. ①黛… ②柯… Ⅲ. ①长篇小说 - 英国 -
现代 Ⅳ. ①I561.45

中国版本图书馆 CIP 数据核字（2018）第 155431 号

北京市版权局著作权合同登记号：01-2018-4682 号

Copyright © Deborah Install 2015

花园里的机器人

作　者：（英）黛博拉·因斯托　　　译　者：柯 宁
责任编辑：李 红 徐 樟　　　　　　特约编辑：郭 梅
特约监制：张其鑫　　　　　　　　　产品经理：卿兰霜
版权支持：张 婧

北京联合出版公司出版
（北京市西城区德外大街 83 号楼 9 层　100088）
北京联合天畅发行公司发行
天津旭丰源印刷有限公司印刷　新华书店经销
字数 196 千字　880mm×1230mm　1/32　印张 8.5
2018 年 8 月第 1 版　2018 年 8 月第 1 次印刷
ISBN 978-7-5596-2320-1
定价：46.00 元

目录

1

臭臭唐

"花园里有个机器人。"妻子艾米对我说。

没过几秒，艾米的脚步声响起，随后她便从卧室门外探头进来。正坐在床上看报纸的我抬起头，想看清她的表情——那表情分明在说"你太让我失望了"。

我放空思绪，任她自言自语。

过了一会儿，我轻轻叹了口气，掀开被子，起身走向窗边，那里能俯瞰整个杂乱的后花园。

"为什么花园里会有机器人？"

她不说话。

"真是倒霉，你是不是又忘记关门了，艾米？"

"我总催你把门修好，你要是照办，怎么会这样？"她话里有话，"老房子得修了，花园也一样，只要找个人……"

我没理她。

我拉开窗帘，使劲盯着窗外。

果然，花园里有个机器人。

就这样，一个机器人于清晨七点半闯入了我们的生活。我原本不起这么早的，但自从父母在六年前去世后（不久后我遇到了艾米），我就再也无法赖床了。这曾是他们的房子，是我儿时的家，我一醒来似乎就能听见母亲在楼下催促："快快起床，莫辜负好辰光。"

我半睁着眼睛，迷迷糊糊地跟着艾米下了楼，心里仍希望能像往常一样读着报纸愉快地开始这一天。到了厨房，我发现艾米特意在我常看的社会版上端端正正地摆了一杯茶和一个奶酪贝果[1]，以示不满。她穿了那套最正式的工作服：海军蓝细条纹西装裤和明白色的宽翻领衬衫，还搭配了一双恨天高。一头天生的金发被她在脑后盘成了精致的发髻，而且她还化了全妆，种种迹象都说明她对这一天严阵以待。看起来，她没心情跟我说话，于是我自己煮了杯浓咖啡，撤回我的书房。准确说来，那并不是我的书房，而是我父亲的。我用不到书房，只是艾米晚上喜欢在起居室工作，所以我最好给她让位。

我在书房呷着咖啡，一边听着艾米往洗碗机里塞昨晚用过的锅碗瓢盆，一边坐在旧写字椅上无所事事地转着圈。那是我父亲的旧写字椅，每转一圈，椅子就嘎吱作响宣泄着不满。父亲的藏书堆砌在书房的墙边，环绕着我。清晨的阳光照着书上的积灰，它们每天都是这样任意飘浮游荡的。

我打开收音机，打算听会儿早餐时段的节目。但玻璃杯和餐具"乒乓"的碰撞声直穿走廊而来，还伴着高跟鞋踩在厨房地板上的声音，直接盖过了收音机声。接着是一阵短暂的安静，这是艾米在吃早餐，干脆利落。不过听她说，好像今天有个官司要打，还是有个新官司要接来着？我皱皱眉，记不太清了。

---

[1] 贝果：一种圆面包。——译者注

良久，艾米喊我，我听见了，但懒得回答，她就直接找我来了："我说，花园里有个机器人……"

目测这机器人高约一米二七，宽约为高度的一半，身子上顶着个四四方方的金属脑袋，铆钉焊接略显粗糙，跟我印象中的机器人有些出入。他矮矮胖胖的腿和喷漆滚筒烘干机的通气管如出一辙，手臂也不例外。至于他的手和脚，则是平板状的，有点儿像老人用的抓钩。总之，这台机器人简直是粗制滥造的学生手工作业的水准。

我们站在厨房看着窗外，艾米问我："你说它是活的吗？"

"活？你是问他有没有感情，还是问他还能不能用？"

"少废话，快去看看。"

我让她先去，谁让她先发现那个机器人的。结果我这么一说，艾米的脸色立马变得和那回一样难看。那次，她要我买花给她，我说了句"想要就自己买呗……"

"本，我没这闲工夫，要去你去。"她大步走回起居室，收拾咖啡桌上的文件和公文包。我走到后门，刚要转动门把手出去，就听到前门"砰"的一声被摔上了。

那个机器人背对着我家窗户，坐在柳树下，双腿笔直地伸向前面。秋日的露珠滴落在他的金属外壳上。他的外壳稍带些日式风格，又像是用垃圾堆里捡来的材料拼凑的。他看起来已经不会动了，但我靠近一点儿时，竟发现他正望向我们花园外的马场。他慢慢转动脑袋，显然正在看那群马。

我停下脚步，跟他保持着距离。我不懂怎么跟机器人交流，从小我家就没买过机器人，不过一些朋友家有。人们都说机器人只求手头有活儿干，不爱搭理人。他们通常被买去当用人——无非是些亮闪闪的镀铬和白色塑料做的傻瓜，平日里吸吸尘，打扫打扫房间，也能做早饭，要不然就是去学校接接孩子。我姐姐家就有一个。我妻子也想买，在我看来毫无必要，反正家里就我们两个人。

便宜点儿的款式倒也有，不过光泽度和功能就差远了。那种机器人大概只会熨熨衬衫，倒倒垃圾。但我面前这种还是头回见，再便宜的机器人也不至于这么破烂吧？

"呃……你好？"

机器人吓了一跳，尖叫着要站起来却"砰"的一声跌倒了，在草地上压出一块四四方方的凹痕。他躺在那儿，双脚乱蹬，活像一只受惊的瓢虫。我只得帮他翻身起来。

"你没事吧？"我问道，帮他恢复原先的坐姿。他的脑袋转向我，眨了眨眼，半球形的金属眼皮忽闪忽闪的。眼皮下，两颗发亮的眼球忽高忽低地打量着我，瞳孔还会跟着相应放缩。他的眼睛下面是鼻子，大小和形状就像一块乐高砖，可能只是为了装饰。他的嘴巴是一条黑色的长方形缝隙，其实就是个老式的光盘驱动器——这废物利用还真行。

他浑身上下满是小凹痕，一旦动得快了，嘎嘎作响的胸部面板就会打开，露出里面胡乱缠绕的黄铜发条和复杂的计算机芯片。这点令人费解，难道他的创造者是结合高科技手段和老派审美制造他的？在这混乱的机械构造中央，会有节奏地射出光束，估计这就是机器人的心脏。我靠近仔细看了看，发现心脏边上有个玻璃缸，里面有黄色的液体，作用不明。我还发现玻璃缸上有道小裂缝，但这事儿随即就被我抛诸脑后了。

我站在微风中注视着他，他的机身非常脏，沾满了碎屑，仿佛历经千辛万苦，穿越了沙漠、农场，最后才抵达城市到了这儿。想必我这推断也八九不离十。

我蹲在他身旁的草地上问他："你叫什么名字？"

他没反应。

我用手指着自己的胸口说："我叫本。你叫什么？"一边说一边再指指他。

"唐。"他的声音丁零当啷的，金属感十足。

"唐？"

"唐。唐。臭臭唐！"

"好的，好的……我知道了。唐，你为什么会在我的花园里？"

"八月。"

"现在不是八月份，唐，"我温和地说，"现在是九月中旬。"

"八月。"

"九月。"

"八月！八月！八月！"

我缓了缓，换了种问法。

"你从哪里来，唐？"他冲我眨了眨眼，什么也没说。

"有人来接你吗，用不用我帮你打电话？"

"没有。"

"行吧，总算问出点儿东西了。你打算在我的花园里待多久，唐？"

"臭臭唐……唐……唐……"

我耐心地重复了一遍刚才的问题。

"唐！臭臭唐……八月……不……不……不！"

我交叉起胳膊，叹了口气。

十二个小时后，艾米下班回来了。她打开后门，招手让我进去。

"待在这儿别动。"我对唐说，不过这好像是废话。今天一上午我基本都待在书房里，刻意忽视那台机器人，盼望他主动走人。他倒好，纹丝不动。接下来的时间里，我在房子和机器人之间来回转悠，想方设法接近他。等到艾米回家那会儿，他固执的孤僻劲儿已经激起了我的兴趣。

"怎么回事？"她问道，扬起一侧眉毛，因为我还穿着深绿色睡裤和蓝色旧睡袍——她早上出门时我就穿着这身。艾米特别讨厌这件睡袍，不管洗多少遍，它总是有股霉味儿。

"是这样，那机器人是个男孩，"我说，"反正听声音是。"

"机器人分性别吗？"

"别的我不清楚，但这个肯定有。他蛮特别的。"

"当然了。它连基本款都算不上。"

"不，我的意思是他与众不同，很特别。"

艾米皱眉了："你怎么知道？"

"我也不知道，就是这么觉得。"

"它说什么了吗？"

"他说自己叫'臭臭唐'，还说了'八月'之类的话。"

"可现在不是八月，现在是九月中旬。"

"我知道。他耗损得很严重——身体磨损得厉害，浑身是凹痕。他体内的圆柱形汽缸上还有道裂缝。"

"哦，好极了，这么说还是个破机器人。真是完美。"

我不想理她。

艾米的语气软了一些："它还说什么了？"

"没别的了。"

"那么，它为什么来这儿？"

"我不知道。他不肯说。"

"那它要待多久……"

"行啦，我也不清楚，可以了吗？我跟他还没聊那么多。"

艾米眯起眼睛："总不能让它就这么一直在花园里坐到生锈啊。你再去跟它谈谈。"

"我这一整天就光干这个了。你要是行，就自己找他说去。"

她又来了，又是这副样子——活像一只被踹了一脚的猫咪，仿佛受了天大的委屈似的。我讨厌被她支使得团团转，但更想图个清净，所以尽管我已经够懊恼了，还是不情愿地说了句"好吧"，然后走出后门，去了花园。

又过了一星期，艾米坚信花园里摆个次等机器人有碍观瞻，也受不了站在厨房就看见那玩意儿。虽然我绞尽脑汁从他嘴里撬了些话，可就是没法让他挪动半步，也没问出他的来历。

"你能把它处理掉吗？"

"怎么又是我？"

"因为你跟它说过话。"

"但我也没问出什么来呀。"

"反正不能让它待在花园里。"

"还有完没完了？你要是真想把他处理了，自己想办法去。"

"我看是你喜欢它。你把这玩意儿看得比找工作还重要。"

"有没有搞错，艾米，为什么每次吵架都非得扯到我找工作上？"

"你要是有工作，我们也不会吵架。"

"我们本来就没必要吵架。我不用工作的，你又不是不知道。"

"对对对，没错，你爸妈留给我们的钱够我们过活了。但工作不光是为了赚钱，你不明白吗？"

"我确实不明白。另外，唐是'他'，而不是'它'。"

艾米调整了策略："随便吧，反正我不许机器人待在我的花园里——尤其是这种。"

"这种？哪种？"

她伸出光洁的手臂指着唐："就这种呗……又旧又破的。"

"原来如此。如果是个酷炫的顶级机器人，有手指、脚趾和好看的脸蛋，你就没意见了呗？"

"或许吧。"

好歹她说了实话。

"你想，这么些年你一直想要个机器人，现在不是有了，多好啊。"

"这就好比你去买辆破车，还问我有什么不对的。我想要的是机械人。这家伙呢，能管什么用？什么也不会，只知道成天坐在那儿盯着马看，能指望它什么？一个用不了的机器人能有什么价值？何况它要是坏了还得修，岂不是自找麻烦？"

"他还没破到那份儿上，你别太夸张了。万一真得修，就把他修好呗。"

"找谁修？谁会修？"

我回答说不知道，但肯定有人会修。

艾米绝望地一甩手，转身走进厨房，用力刷着厨房的台面。一阵沉默后，她喃喃道："反正我说了，我就要人形机械人，不要这种机器人。"

"到底有什么区别？"

"区别大了！就像你说的，手指、脚趾和好看的脸蛋，这是最基本的吧。我想要布莱妮家那种新款机械人，她给我看过《机器人了没》里的介绍，这款机械人运用的是最新科技，该有的功能一应俱全。"

布莱妮是我姐，已经跟艾米做了五年半的闺蜜。而艾米和我在一起才五年零三个月。

"比如呢？这台机器人做不了哪件事情？"

"好吧，可以让它留下做些家务，打扫打扫卫生，吸吸尘，做做园艺和其他活儿。它要是会做饭，就更好了。不过依我看，这小矮胖盒子连灶台都够不着，还是别指望了。"

"但饭都是你在做呀。"

"对，没错！可我一整天都要工作，要给那些麻烦精解决麻烦的法律纠纷，所以回家后最讨厌的事就是做饭！"

"可我以前要给你做饭，你自己说我做什么你都吃不下，说害人倒胃口。"

"哦，那我说错了，我回家后第二讨厌的事才是做饭。第一讨厌的是，看见你煎得半生不熟的培根。"

"我以为你爱吃。"

"我是爱吃培根，但是，本，这不是重点！重点是，如果有机械人，我就用不着做晚饭，你也不用做。我在朋友家里亲眼见过，只要把食谱给它们，再指指冰箱，它们百分百能做出靠谱的美食。"

"你还挺会打广告。"

"喂，别这么幼稚行吗？"

这话惹恼我了，我顿时感到脖颈后一阵刺痒。我清楚这时该闭嘴，别跟她争，可我没忍住："就是看你朋友都有，所以你也要。你就是对机械服务员之类的破玩意儿情有独钟呗。"

"谁说的，我只想要一台普通的家用机械人。"

"买来之后放哪儿？"我坚持不妥协，"他们待机的时候，总得摆在哪儿吧，不还得充电什么的吗？"

"家里又不是放不下。"

"放哪里？布莱妮家那个机械人的底座摆在杂物间，特别占地方，我们家这么小。而且到时候还要找专人来调试。我真觉得没必要买。"

"对对对，你觉得没有……又来了。我想要机械人，不是因为朋友们都有，而是因为那样我就不必每件家务都亲力亲为，同时还得全职上班。"

我就是忍不住要跟她争论："我就是不懂为什么非要机械人。我可以做家务啊。"

"没错，没错，你可以。可你做过吗？"

"这么讲就不对了，艾米，我也做家务的。"

"比如呢？"

"我倒垃圾了。"

"你上回倒垃圾是两星期前。"

"对呀，那天是收垃圾日。"

"本，每天都要倒垃圾。"

"笑死人，垃圾桶又不会一天就装满。"

"那是因为我每天都倒掉了！"

"是吗？"

艾米狠狠地瞪了我好久。像之前的许多次争吵一样，我们又开始了没完没了的死循环，唯一的办法是赶紧闭嘴。于是，我将话题拉回到一开始："随便，那你要我怎么处置这个……不合你意的机器人？"

艾米努起嘴唇，神色有些不悦。她清楚得很，我才不会真心认可她的建议。但她也早就怒了，所以懒得管我怎么想。

"反正这东西一点儿用都没有，要不就……把它送废品站去？"

这个提议吓得我愣了半天。看来我已经被这个小小的不速之客迷住了，想对他再多点了解。我对艾米坦白了这个想法。

"而且，这样也挺有意思的，是吧？我们有一台会四处转悠的机器人了。"

艾米双手撑在臀部，看来并没有被说服，于是我出乎寻常地在她回应前坚决地表明了自己的立场："这是我的房子，我说了算，他愿意待哪儿就待哪儿。"

艾米的眉毛因愤怒而绞成一团，狠狠地瞪着我。但她没法反驳，房子的确是我的。

"这也是我的家，本，"她静静地说，"我是你的妻子。难道我在这个家没有话语权吗？"

我咬了下嘴唇，说道："你当然有，但别让我送他去垃圾站，好歹让我先搞清楚他是从哪里来的。万一是谁不小心弄丢的呢？"

艾米总算松口了，条件是我得把它搬到车库去，还得洗干净。她说，这东西在家，自己没脸邀请朋友来做客。

这才是重点：无论谁来做客，家里必须完美无瑕。

我伸手想搂一搂她，但她轻轻咳了一声，便转身走开了，留我一个人站在厨房里。

2

扒还是不扒？

次日清晨，我坐在车库台阶上跟机器人面面相觑。除了我爸妈留给我的那辆本田思域的引擎盖，这是唯一能坐的地方了。艾米坚持把这辆旧车停在车库里，而把自己闪闪发光的奥迪骄傲地停在车道上。

唐直勾勾地盯着我，像是等我打破僵局。可他不配合，我实在不知道自己能做些什么。照目前来看，他显然不打算去其他地方。艾米说得对，我至少得先把他清理干净。

我端了一盆温肥皂水，又拿了块洗车海绵。当唐的身体被浸过水的海绵打湿时，他似乎很不满，不停地跺着双脚，看上去很激动，直到我拿开海绵，他才罢休。他像看傻子一样看着我。

"你是不是不能沾水？"

他眨了眨眼。

"那好吧，那我用个小点儿的东西擦行吗？什么东西不容易吸水呢？"

我四下找寻，发现了一小块抹布。虽然他还是不太乐意，但还是任我擦去了他身上最明显的那块污垢。我轻轻地擦拭，他摇摇晃晃地跺着脚，害我分不清哪里擦过、哪里没擦到。面板接缝处的铆钉没法用抹布擦干净，而且我现在还只是在擦他的正面。清洗唐的全身将是一项大工程，可能得花好几天，但这也不错。不过可想而知，艾米又要不乐意了。她的设想应该是，要么直接往他身上泼一盆水，要么带他去洗车店。

我走出车库，想找个更顺手的清洁工具："艾米？艾米？你在哪儿？"

"在楼上。你要干吗？"

"咱家是不是有支旧牙刷？"

"旧牙刷？"

"对。"

"你找旧牙刷干吗？"

我没回答，因为突然有了新打算。我们的手提箱里有装电池的旧牙刷。虽然买了新的电动牙刷后，前者就沦为了旅行用品，但艾米和我已经很久没去旅游了，所以它们肯定还收在老地方。

"呃……没事了。"

我来到杂物间找到那只手提箱，拿出了牙刷。出来时我无意中瞥见一只手提箱被挪到了沙发床上，按说之前它应该是跟其他箱子堆在一块儿的。

大概是因为刮金属上的污垢时牙刷发出的嗡嗡声，又或者是因为唐看到自己蒙尘许久的身体表面重见天日时露出的惊讶表情，总之，拿牙刷洗机器人感觉怪怪的。而且牙刷还不停地震开他的控制面板，我只好隔几分钟就给关上，这下就更费时了。一番折腾后，终于要洗底盘了，我让唐平躺在地上，但还是很难刷。不过就在这时，我有了新发现。

唐身体底部的正中央嵌着一块铭牌，由四颗铆钉草草地固定着。上面的划痕惨不忍睹，但能看出上面刻了字。车库里的灯光一年到头都很昏暗，我只得扶着门起来，用手机自带的电筒照明。铭牌已经被刮得面目全非，只能依稀辨认出几个残缺的单词——"PAL"和"MICRON"。这两个词的上面还能看出半个句子："此财产属于B……"

"唐，B是谁？"

唐使劲挺起脖子，眼睛直勾勾地盯着我，但没吭声。

就在这时，车库与房子之间的门被推开来，艾米的声音传来了。

"喂，你找牙刷做——你到底在搞什么鬼？！"

我十分理解她的惊慌，毕竟谁都料不到这一出——唐仰卧着，而我正举着手机电筒和高速振动的电动牙刷，像个妇科医生在检查唐的……下体。

"艾米，我知道这场面看起来很诡异，可我保证，我是在按你的要求把他洗干净。"

她半信半疑。

"你过来看，我又发现了一条线索。"我指着那块铭牌说，但她不为所动。

"本，你竟然要我在这个机器人的屁股上找线索，你想什么呢？！"

"你只要看一眼就知道了——"

"我要走了。"

门被重重地摔上，我战栗了一下。唐也吓到了，面板又被弹开了。

我把唐拉了起来，又问："唐，B是谁？"

他耷拉下眼皮，没有回答。我想，他肯定是想B了。不管B是谁，怕是不会来找唐了。真替这只小破盒子难过啊。

那天晚上，艾米回家吃饭时冷静了不少，心情挺好，愿意跟我说几句话。她做饭的时候，我坐在厨房的高脚凳上，一边听她讲律师事务所的工作，一边看着唐坐在花园里，他在看马。艾米已经不再坚持把他藏在车库里了，因为我们意识到没法强求唐待在他不喜欢的地方。好在，他现在挺干净的。

艾米正剁着葱，我想，现在她总该愿意听我说铭牌的事儿了吧。

"那个，唐的铭牌……上面写着'此财产属于B'。"

艾米一愣，勉强作出感兴趣的样子："是吗，B是谁？"

"我不知道。我问唐了，可他不肯说。"

"他不肯说？真难得呢。"

她竟然跟我开起玩笑来了。我喜出望外。

"时间久了，这个词的其余部分已经被刮花了。还有另外两个词也只看得出一半：'MICRON—'和'PAL—'。"

艾米手中的刀停了下来，想了想，说道："会不会是生产他的公司叫作'Micron'什么的？"

"我猜也是。他们可能会修他。我在网上搜过了，根据他的年头缩小了搜索范围。他没有序列号，所以应该是个一次性的机器人。这样，范围就缩小到了一家公司——Micronsystems，微米系统。这家公司在旧金山，在美国加州，"我停顿了一下，继续说，"这个季节去正合适。"

艾米猛地把菜刀一放："本，你敢！"

"怎么了？我只是简单提一提加州的情况，我还没去过那儿呢。"

"是的，你还没去过那儿。你怎么不说你想去那儿？他们肯定有一套机器人修补设备，这理由真好呢。我太了解你了，你要在这件事上耗多久？作为成年人，你太荒唐了吧？"

我忽略了最后一句指控,专心应付前半句。

"去碰碰运气也好,对吧?我想先把他留下,而且要是我能把他修好,兴许还能教他一些机械人能做的事情。再说了,他坏得这么厉害,又这么伤心。我想做一回好事。"

艾米噘起嘴唇,说道:"本,它是机器人,没有感情的。它压根儿不在意自己在哪里,也不在乎自己是怎么坏的。至于你说教它……它连正常说话都不会啊。你怎么就不能干些有意义的事情呢?"

"把坏掉的机器人带到加州,再把修好的机器人带回家,难道不算有意义吗?艾米,想想看,这堪称壮举。"

"你自己也说过,它还没坏到那份儿上,何必呢?"

"直觉告诉我,这事儿的意义远比眼前看起来复杂得多。这事儿不简单。"

"所以,你觉得,与其把坏掉的机器人送到废品站,买台新的机械人,还不如千辛万苦绕大半个地球去美国找这家不一定能修好它的公司,然后再看看它能干什么用,是吗?"

我想了想,然后回答:"这样也不错,不是吗?"

艾米沉默地吃完了晚饭,然后出去了。她没说去哪儿,也没说什么时候回来。但每次独自一人在清晨醒来时,我都生气极了,因为她总是搞得像是我挑起了争端,害我没有立场发信息问她在哪里。不过,她十有八九在布莱妮家——她不想见我的时候,那儿就是避难所。

第二天早上她回家了,但还是不理我。

"你昨晚去哪儿了?"

她盯着我看了一会儿,我知道她有事瞒着我,但她什么也没说,上楼洗了个澡,换了衣服就又出去上班了。

"真有你的，艾米，就你成熟。"我对着紧闭的前门喊道，"小唐，你在哪儿啊？咱去看马吧。"

艾米整整一个星期没和我说话了。这样很伤人，但也不是一次两次了。然后，一天晚上，我们俩上床后，她翻身朝向我。

"本？"

"嗯？"

"对不起，我一直在生你的气。我不想咱俩之间变得这么尴尬。你想不想……要不要……"

虽然很震惊，但我告诉自己要宽容，就当什么都没发生过。

"呃……好啊，我当然想。我怎么会不想呢。"

就这样，性变成了我们解决矛盾的手段，如同和解协议。

事后，她平躺着，盯着天花板，突然问："你倒垃圾了吗，本？"

我一脸茫然。

"垃圾桶——是你倒的吗？"

"是，当然是我。我倒两回了，在这好几天里。"她又看了我一眼，忽略了我的最后一句话。

"后门锁了吗？"

"锁了。"

"机器人在哪儿？"

"在我的书房里。"

艾米还是介意把唐留在家里，但也不再反对。

"门关了吗？"

"关了，关了。除非他学会拧把手，否则他现在一定会老实地待着，不会半夜突然跳出来惊扰您老人家的。"

我承认，这次是我疏忽大意了。在我们俩重新开始说话仅二十分钟后，我们就又成功激怒了彼此。

艾米瞪了我一眼，自顾自翻身睡去了。

三个小时后，我们被"咣当咣当"的声音吵醒。

"什么东西？"艾米很害怕，"你去看看。"

我刚下床，谜底立刻就揭晓了——楼下传来了清晰无比的机器人电子合成音："本——本——本——本——"

接着他安静了一下。

"本！本！本！本！"

声音再次响起，我直接起身离开了卧室，甚至都没看艾米的脸色，反正不用看也猜得到。

一周后，我和艾米的关系还是很僵，我也不再提去加州的事儿了。无论我走到哪里，唐都跟着我，却也不听我的，无所谓了。他也会跟艾米走，虽然次数不多，可一旦如此，家里的气氛就更僵了。艾米总被他吓一跳，然后喊我过去把唐带走。渐渐地，我陪唐待在书房的时间越来越久，我试着跟他讲话，说实话，他确实也学会了一些新单词，比如"不好"。

"唐，我吃午饭的时候，你自己去外面看马好不好？"

"不好。"

"这不是疑问句，唐，这是个提议。"

"不好。"

"但我有事要忙。你先出去一下，好吗？"

"不好。"

瞧，就像这样。

一天下午，上完一堂漫长而无聊的词汇课后，我把唐留在了书房的窗边，让他在那里看马，然后我去厨房给自己倒一大杯酒，却无意间听见艾米在打电话。我不想打扰她，正犹豫要不要先回书房，却不小心听到了一小段对话。

"它刚来那阵子，我心想，'太好了，本总算有点儿担当了'，但越过下去，我越发意识到他根本不会改变。他把所有的时间都花在了这件该死的东西上……它死死地追着本，有时还跟着我，烦死人了。还有一次，它凌晨四点就把我们吵醒，不停喊着'本——本——本——本——'，喊了一遍又一遍，声音又蠢又单调，直到本下楼去才把它叫停。到最后，它竟然进了我们的卧室。再这样下去就要睡到床上了吧？本说要去加州找人把它修好，难道要过机器人间隔年[1]吗？他真这么想的，可他都三十四岁了，竟然还打算收拾行李去旅行，难道这时候不该打拼事业和备孕吗？"

安静片刻后，电话那头似乎做了个回应。接下来那边不停说着，艾米只"嗯嗯啊啊"表示赞成与反对。

"嗯，对，我懂。这种心血来潮的做法跟你们爸妈太像了。问题是，他们的确做到了，不是吗？"又一阵沉默，"我都搞不懂自己更生气哪件事了，到底是因为他提出了想去加州这个想法，还是因为这是他唯一的兴趣所在。"她顿了顿，"光这些也就算了。关键是，本怎么就不能对要孩子的事儿上点儿心呢，反倒这么在乎一个机器人。它简直一无是处。"

艾米情不自禁地声嘶力竭起来，然后自己停下来平静了会儿。

---

[1] 间隔年：Gap Year，源于西方国家，指青年在升学或者毕业之后、工作之前给自己的一次长期休假或旅行，通常为一年。在间隔年，人们通常会做一些自己想做的事情，体验不同的生活方式。——译者注

"是的，他清楚得很。我已经说过几百次了……嗯，没，我没有明确跟他提过'本，我现在想要一个孩子，你怎么想？'但我已经给足了他暗示……也是，或许我该跟他直说……不，布莱妮，已经太晚了。我们俩之间的问题太多了，他沉迷机器人的这段时间是压垮我的最后一根稻草……他至今一事无成。可我当初认识他时还心想：'将来他会成为一名兽医的，那他肯定很聪明，而且很善良。'结果呢？一场空。

"他到现在还没把大门修好。带机器人去美国这种蠢主意也会像他做的所有事情那样半途而废的……是的，我知道，但是自从我们俩在一起后，因为这事儿，我一直尽量地理解和包容他。可他自己也该看开点儿才对……你已经看开了，不是吗？怎么他就做不到呢？"

艾米向我姐细数着我的缺点并一一剖析。我羞愧难当，却又一头雾水。艾米什么时候想要孩子的？我们俩刚认识那会儿，她一心扑在工作上……那阵子她刚升职，老说自己没空带孩子。我一直以为她是认真的。说实话，我自己都没想明白要不要孩子，反正目前没这打算。万一我是个糟糕的爸爸呢？

但她接下来说了一句话，比任何话语都要伤人："他从没真正做成过什么事。"

她说得对。我的确没有。所以，这次我要干件大事。

3

电工胶带

艾米在一个周六的早晨离开了我。那天我正在书房里，难得唐不在身边，这时电话铃响了起来。几分钟后，艾米出现在书房门口："布莱妮打电话来了。"

"哦，是吗，她说什么了？"

"她说十一点以后去她那儿就行，她现在和安娜贝尔去马场了。乔治在上网球课，戴夫的飞机三点后落地。"

我姐姐布莱妮是个成功人士。她和艾米都是律师，热衷于一起数落我的缺点。我则是个失败的兽医。前前后后学了十二年，最后我还是因为弄不明白犬用麻醉剂和兔子用抗生素被开除了。布莱妮还代表伯克郡参加过马术比赛，她嫁给了一位民航客机飞行员，儿女双全，是爸妈的好女儿，也是我们家的骄傲。

最后我说："我不知道咱们今天要去她那儿。"

"不是我们，是我自己去。"

"好，好吧，告诉布莱妮我爱她。"

"她还问你有没有找到工作，我说你正忙着让机器人开口说话。"

我们俩沉默了一会儿。

"还有一件事……"她说。

我挑了挑眉毛，洗耳恭听。

"我和布莱妮都觉得让你留着房子比较好，毕竟你父母把它交给了你，我和她都不需要，不像你。"

"什么叫'留着房子'？房子是我的呀。房子本来就是咱们的！"

"本，依照《婚姻法》，离婚时我理应分房的，但我不要了。"

"离婚？谁要离婚？你在说什么？"

"我和你，"她平静地说，"我要离开你了，本。我先去布莱妮家住段时间，等找到新的房子再搬。"

我慢慢吐气，让自己平静下来："行吧。"

她的怜悯和镇定顿时消失了，转而乌云密布。

"瞧见没？一切一切的问题就出在这里。你从不认真对待任何事。除了那个该死的机器人，任何事都不重要。"

"不能怪小唐，我们不知道他从哪里来，也不知道该拿他怎么办。"

艾米走了，"砰"的一声摔上了门。我起来追她，只听见她的咒骂。唐就坐在走廊外面的木地板上，艾米的小行李箱在他旁边。唐的脚下有一摊油。

"唐不高兴了。"我对她解释。

艾米不说话，只是崩溃地尖叫，同时把雨衣往肩上一甩，拉着行李箱离开了。又是"砰"的一声，大门关了。就这样，她走了。

那天晚上，我独自坐在黑暗中，开了酒柜里最好的香槟，用的是艾米最喜欢的杯子。这瓶酒是布莱妮和戴夫送给我们的结婚四周年礼物。我们俩每年的结婚纪念日，他们都会送我们一瓶好酒。之前的那些都喝了，只有这瓶原封不动地留到了现在。

"要是她回来看到，"我对唐说，"肯定会气坏的，哈哈。"我举起杯子，迎着从窗户透进来的月光，灌下一大口。

唐坐在吧台的另一头，脑袋枕在吧台上，身体前倾，双臂可怜巴巴地垂在两边，一副垂头丧气的样子。我也无力地趴在吧台上，也不知道唐明不明白家里发生了什么。他到底懂多少事情呢？

过了一会儿，他直起身子，用他的爪钩指着自己。这一动，他那松动的面板又被震开了。他把面板合上，问道："我？"

"你？"

"艾米……我？"他又指着自己问。

"噢，不是的，唐，别多想，这事儿不怪你。我们俩之间有问题很久了，都是我的错。"

唐没表态，但看上去放心多了。

"不，说实在的，错并不全在我。不可能全是。这不是我的错，我是个垃圾兽医。这是我的错，我没有好好做事，但我就是做不到不当个废物……艾米可好，什么都唾手可得。她根本不懂那种一无是处、一事无成的心情。我向来就是个废柴老二，一辈子活在老大的阴影之下。然后，爸妈出事走了，我永远没机会证明自己的价值了……我该怎么办啊？"

"我作为丈夫的确不够称职，但她也该做个更好的妻子啊，她有想过这一点吗？过不了几天她就会来找我说：'本，我还是好爱你，我们能做回朋友吗？'去他妈的，谁稀罕。我也不稀罕布莱妮，谁都不稀罕。我有你，是不是？"

唐冲我飞快地眨了眨眼，然后伸出小爪子抓住了我的袖子。

"要我说啊，小唐，去他们的！"我吼道，同时脚下一个踉跄，身后的吧台椅"咚"的一声倒在了橡木地板上。我盯着左手看了几秒钟，然后又骂了一句"妈的"，同时褪下结婚戒指，扔进了餐具抽屉里。

"就这么定了，小唐，咱这就去加州。明天就走。"

灌下一整瓶香槟后，我决定了，我要向所有人证明自己，我要带一台坏掉的机器人只身去旅行！

等到开始收拾行李时，已经是几天之后了。第一天被错过，是因为我宿醉还没清醒，第二天则是因为我一直盯着父亲书房里的那些旅行指南，犹豫要不要带上一本。我承认自己有点儿抗拒坐飞机。自从爸妈出事后，我便一直如此。总之，飞机这东西，能不坐就不坐了吧。

唐绝大多数时间里都在花园里散步、看马。我站在我们的……我的卧室里看着床上那只被我塞得爆满的手提箱，猛然意识到，这种旅行手提箱简直太傻了。我想好了，虽然我都三十多了，但也可以像年轻人那样做个背包客的。问题是我没有背包，所以我打发唐去看马，自己则在网上花了好久浏览图片，百般挑选，总算下单买了一只双肩包。

等待新背包的那些天，我着手制订每日的预算和行程。关于前者，我最终半途而废，因为我觉得它单调又乏味。而后者则不亚于一场赌博，因为我也不确定微米系统公司是不是我们要找的地方。我决定再从唐的嘴里挖点儿有用的信息。得了，从头再来吧。

"小唐，你在听我说话吗？"

"是。"

"很好。你是怎么到我家花园的？"

唐看了我一眼，学艾米耸了耸肩。

"好啦，我知道我已经问过很多遍了，但这次是很严肃地问你。"

当时我们正在起居室，我猛地起身，从沙发后面抓起一件灰色的旧羊毛衫套上。我打开通往花园的门，走向露台——当时艾米坚持要建的，说是"好有地方放松放松"。唐"咔嗒咔嗒"地跟着我，我弯下身子与他对视，两手搭在他的小金属肩膀上。

"你之前就在柳树那儿，大概五个星期之前。你还记得吗？"

唐上下晃动着他的方脑袋。

"你怎么到那儿的？"

他似乎听不大懂，于是我大步走到侧门："你是从这个门进来的吗？"

他又点点头。

"那么，是你把大门打开的吗，还是它本来就开着？"

"开？"他把这个词抛回给我，仿佛是头回听说这个词。我知道他懂这个词。我开始怀疑他之前也这样跟我装傻过。

我打开门，示范给他看。门的铰链嘎吱作响，在深秋十月寒冷的空气中费力地移动。"像这样吗？"

"是的。"

这就真得怪艾米了。

"跟我来，唐。"我目标明确地穿过大门，绕过房子，来到了前院。大片草坪被修剪得整整齐齐，中间有一小块玫瑰花坛。几分钟后，响起了"呼呼"的喘气声，伴随着"丁零当啷"的喧闹声，唐赶上了我。

"到这儿之前你在哪儿？"

所幸，唐似乎终于掌握了这个游戏的窍门，他用爪钩指了指马路尽头的公交车站。

"你是坐公交车来的吗？为什么？"

他睁大眼睛看着我，开始交替着抬起两只脚，左右顿足，紧接着，他脚下淌出一摊油。

"哦，小唐，对不起。"

他垂下了眼皮。我翻遍了口袋，找出了一条很少用的绒布手帕，此前它一直蜷缩在口袋里，被我冷落了多年。我用它擦了擦唐的腿，渗出的油斜斜地往下流。这时传来一声咳嗽，我抬头一看，邻居帕克斯先生正站在自家的前花园里。他一副警惕性很高的样子，生怕我要对机器人做什么，并随时试图阻止我。所以，他肯定没见过唐。

"帕克斯先生，好久不见。今天天气不错啊。"这话一说出口我就尴尬了，帕克斯倒是不以为然。他只是吸吸鼻子，拽了拽自己穿着的带菱形衬领的园艺背心，然后冷漠地看了看天上的云。那是秋天才有的那种云，那种预示着雾和阵阵凉意的云。他正了正头上戴的千鸟格老年呢绒帽，然后换只手拎那把瑞士菲尔科牌的修枝剪。我知道这个牌子，因为艾米让我给她买过一把，用来秀她的园艺技能。她可不愿让来来往往的路人看见我家前院摆的还是我爸妈留下的那把生锈的剪子，没准儿还是我祖父母传下来的呢。

我对邻居微微笑了笑，继续擦洗唐。帕克斯先生又咳了一声。

"他是坐30路公交车来的，"他冲我喊道，"我看见他下车了，过马路时他还左右看了看，然后直接进了你家的花园。我还以为你知道他要来呢。现在才知道不是的。"

帕克斯先生！我激动得忍不住想亲他！马路对面那个公交站——哈雷温特南站——正是连接贝辛斯托克[1]和希思罗[2]两地的30路公交

---

[1] 英格兰中南部的一个自治市镇。——译者注
[2] 希思罗机场，位于英国伦敦。——译者注

车的经停站！

　　隔天，新背包到了，还带着仓库的味道，包里塞满了填充硅胶。我把行李飞快地倒腾进背包，唐却又把它们全扯了出来，每样东西只能维持他十秒钟的好奇心，然后就被扔到了一旁，直到他摸到太阳镜。

　　"唐，当心点儿，别摔坏了。"

　　他把我的话当耳边风，自顾自挥舞着太阳镜，不停地把它从这只手抛到那只手。

　　我伸手去夺，但他把胳膊举到我够不着的地方，一跳一跳地逗着我玩儿。我越不耐烦，他越来劲儿。

　　"唐，给我住手，听见没？"我从他手中夺过太阳镜，放回眼镜盒。吼完我就后悔了。他"砰"的一声坐在了地毯上，结果把面板震开了。我讨好地伸手去把它关上，可面板又被弹开了。

　　"这面板的问题必须得解决。这是为你的内脏好，否则里面会弄脏的，而且没人想看你的内部构造。"

　　唐挺了挺身，却马上又耷拉了下去。与此同时，从他嘴里发出一声轻微的"嘶嘶"声，像是一只旧水壶或高压锅的声音——绝对是在叹气。他合上面板，双爪交叉放在胸前，挡着面板不让它弹开。

　　我灵机一动，对唐说："待着别动，我很快回来。"

　　我疾步走到车库，在工具箱里翻找了一阵，发现了一只扎紧的塑料袋，里面有一对崭新的门铰链。我皱了皱眉，把它们丢到一边，然后拿起一卷电工胶布，飞快地上楼回到卧室。唐已经走到了楼梯口，正打算下楼。

　　"我叮嘱过你要待在原地的，唐。"

唐看着我，就像听不懂似的。我蹲下来，咬下一条电工胶布。

"来，咱们到时候把这个带着。"我告诉他。

我正要贴住他的面板，无意间注意到了他心脏旁边的汽缸。我记得之前看到这东西还是满的，现在里面的液体只剩下三分之二了。玻璃缸上的裂缝好像也变大了。

"唐，这种液体是干什么用的？"

唐看不到那个部位，于是我递给他一面镜子，指了指那个汽缸。他举起爪钩，表示他也不知道，但从他突然紧张的神色来看，我不太信他。

"这东西很重要吗？"我追问道。

他眨了几下眼睛。"是。"他说，然后用爪钩合上了面板。

"要是里面的液体用完了会怎么样？"

他把重心从一只脚换到另一只脚上，答道："停。"

我消化了一下这句话。

"你的意思是，假如汽缸空了，你就会完全停止运转？"

"是。"

我惊慌失措，我竟然还在瞎忙活收拾行李："天啊，唐，我们得赶紧找人把你修好。"

不过，我始终无从得知他的来历，这么一来，最好的也是唯一的办法就是，按照原计划去微米系统公司。来吧，做个男子汉，勇敢地踏上最近那趟航班，奔赴旧金山。

4

头等舱

要是说一路上没人好奇地盯着我们看，那绝对是扯谎。虽然也有一些人带了机器人，但没有像我这样带一个粘着胶带的、类似科学课手工作业的机器人在机场穿行的。与人擦肩而过时，我听见一个学生模样的人说："哇，这玩意儿该升级了。"还有一位老奶奶连呼"上帝保佑"，甚至还有人说："他是不是去录节目呀？"

我心虚地维护着尊严，高昂着头，踩着蓝色的帆布鞋大踏步走向值机柜台。唐机械地跟我走着，跟跟跄跄、"呼哧呼哧"地赶到了我身边。他用手揪着电工胶带。

"这是为了你好，朋友。"我告诉他。

唐冲我眨了眨眼，眼睛向下瞥瞥，手臂垂在了身旁。

"别跟我叹气，没用的。"

排队的时候我们经过一个架子，上面放着好几叠超大行李申报表。而唐的注意力则被边上亮闪闪的行李车吸引了。我匆忙地填表，虽然感觉口袋里的手机在震动，但我没有理会。

来到柜台前，我把表格递给工作人员检查，然后摆弄着自己的手指根部，那里几天前还戴着一枚婚戒。

"你打算让机器人坐货舱？"工作人员神情厌恶地看着我，又看看唐，摇了摇头。

我听到一阵响亮又清晰的"呼呼"声，唐在用力摇头。

"是的。"我说，没理会唐，"我还有一个包，新的。"这时有人拽了一下我的衬衫袖子。

"坏了。"

"什么坏了？"

"唐坏了。"

旅行的兴奋害我差点忘了此行的目的。唐盯着我，眼皮耷拉着，像只受伤的小狗。我有些动摇，又马上告诫自己别动摇。

"听我说，小唐，你不能跟我一起进客舱。人类和机器人都有各自专门的座位。你坐货舱比较好。"这话说出口连我自己都不信。我心虚地看看工作人员，她立马接管了局面："客舱里有几个位置空间挺大的，很适合他，就在头等舱。"

她话音刚落，唐就瞪大了眼睛，然后又顿足跳了起来。我怒视工作人员，但她只是不置可否地笑着。

"我买不起两张头等舱的票，唐。你必须去货舱与其他行李待……"

"换作我，我肯定会带我的机械侍者坐客舱的。"一个小伙子在我身后大声说，"这种长途飞行，把他单独放在货舱里太不人道了。"

"不人道？他们的存在本身不就是不人道的吗？"

队列中的一个商人和一个年轻家庭开始大声发表意见，他们夸张地摇头，人群中发出此起彼伏的嘘声。

"唐，听着，小家伙……"

突然，唐放开了我的格子衬衫，用手臂紧紧地环抱住我的大腿，仿佛生死存亡都取决于它似的。他疯狂地跺脚，发出刺耳的尖叫。

"唐——唐——唐——本——座位——唐——唐——本——唐——座位——本——"

唐很中意头等舱。我本想坐靠窗的位置，他又耍性子，直到我让步。我意识到，在值机柜台前的屈服，并不能助我避开将来的尴尬，恰恰相反，它只教会了唐一招杀手锏。所以我决定理智点，我叫了杯杜松子酒，反正头等舱可以无限续杯，干脆使劲喝回本。小酒下肚后，我准备睡会儿。唐还在独自凝视着窗外，不管他。

几个小时后我醒了，因为唐在用冰凉的金属爪子戳我的脸颊。

"本——本——本——本——本——本——本——"

"怎么了？"

"本——本——本——本——"

"不要戳我了，唐，你想干吗？"我闭着眼睛说。

唐没有回答。

我睁开左眼朝他那边看了看。他在用另一只手指着前面座位的背屏。

"这是电视，别吵我，我要睡了。"我闭上左眼，把毯子拉到了脖子处。唐把他的手拿开了，我还以为他终于可以安分了，可不久他的爪子又戳了过来，更用力地戳我的下巴。可能他自己都没打算这么用力的。

"哦，唐，你到底他妈的要干吗？"

他眼睛一眨不眨地瞪着我，然后转头盯着屏幕，随后又转向我。

哦，触屏的。

接下来的一小时，我一遍遍地给唐切换着机载影视节目的预告片，让他挑自己想看的，每个预告片都有半分多钟。有一部动画片是讲机器人的，里面的机器人跟唐长得很像，所以毫无疑问他选了这部片子。片子中也有机械人，他们被塑造成怪异的样子，唐很爱看。整部电影的主旨大概就是"忠于自己，与众不同不是坏事"之类的。但这一点被唐忽略了，我也并不打算开导他。反正对我而言，他终于可以戴上空姐专门提供的超大泡棉耳机，安静九十分钟了。我感恩地合上了眼睛。

九十分钟后，我醒来，情景似曾相识。

"又怎么了？"

"再一遍！"他指着椅背上的屏幕。

"没搞错吧？你刚看过一遍，不想看点儿别的吗？"

因为困惑，唐的眼皮略微耷拉了下来，然后一只眼睛眨了眨，好像我这建议多难理解似的。"再一遍。"

我又给他调出那部电影，一边问道："你是不是很喜欢这部电影呀？"

他不作声。

我抬起他的一侧耳机："我问，你喜欢这部电影吗？"

"是。"他说，同时把我的手从耳机上推开，然后把耳机放回自己被网格覆盖的耳朵眼上。

"这电影有什么好看的？"

他又提起耳机。

"好机器人对付坏机器人。"他说。这是我听过他说的最长的一句话。

"他们怎么使坏？"

"坏机器人对好机器人很坏，"他指着自己，然后指着屏幕，"好机器人对坏机器人不好。"

　　原来如此，因为这部电影塑造了不同于现实的世界。在那里，他是主人，似乎是在报复之前机械人对他的折磨。我想不好该不该跟他谈谈这个问题，但有一点是明确的——我要么是喝得太醉，要么是太清醒了，竟然没法解释"错误加错误不等于正确"。我轻轻拍了拍唐的金属肩膀，随他去吧。

5

"聪明"的机械人

我们终于于午夜时分抵达了旧金山。订机票时，我没考虑时差，也低估了加州的秋夜之冷，只知道这里白天很暖和。到机场大厅时，我多希望自己穿了套头衫、牛仔裤和厚袜子，而不是什么帆布鞋、棉衬衫和宽松长裤。

我们站在行李转盘边上，等着我的新背包穿过橡胶帘子向我滑来。我突然想起出发前那通未接电话——是布莱妮打来的。我皱了皱眉，把手机调成勿扰模式后塞回了裤兜里。我也考虑过彻底关机，不过一会儿还得上网查东西，于是作罢。

唐坐在传送带边上，不顾我阻挠地把手放在传送带上拖着玩，几秒钟传送带就把它带远了，然后他就一次次地把它拖回来再放上去。

几次三番，我实在看不下去了，硬是把他冷冰冰的金属身体拖回到了安全地带，远离传送带。我不想在长途飞行后还得凌晨三点去失物招领处领人，还要解释说"我把我的机器人弄丢了，因为他不听劝"。

我的包终于转了过来，比印象中更沉了。疲惫浇灭了我最初的热情，此时最明智的做法是租辆车开去酒店。可令人难以置信的是，所有租车点都关门了。身处国际机场却没法在午夜租到车？我不想打车。

"来吧，唐，我们去赶公交。"

"公交？"

"是，跟我来。"我大步地朝路标指示的方向走去，唐迈着烘干机软管腿儿紧跟其后。

公交站昏暗的灯光下树影幢幢，旁边立着一台高大的储物柜，无数扇柜门被风刮得不停开合着，发出"砰砰"声。角落里还坐着一个衣衫褴褛的流浪汉，对我的新背包虎视眈眈。

在小售票亭里，一位孤独的机械售票员穿着防弹衣坐在防弹玻璃后，看来此地的安全状况简直堪忧。机械人往往被安排做这种人类不愿意从事的工作，而工作要求往往又比简单的机械动作更复杂些。

我不想在唐面前丢脸，这点很要紧。于是我鼓起勇气，竭力保持镇定，径直走到售票窗口前，唐跟在后面。

"打扰一下，您知道这家公司吗？"我举起电话，给他看我从唐的铭牌上抄的公司名字。

"先生，请收好您的手机。"机械人说。

我环顾四周，很快反应过来。哪怕我把嗓门压得这么低，还是惊动了不远处的三两个黑影。在此地掏手机大概不亚于亮出一份儿抢劫邀请书。我赶紧把手机收进内袋。

这时候，唐赶上了。他紧紧抓住我的衬衫袖子。我再次告诉机械人那家公司的名字，这回他灵敏多了。

"好的，先生。根据数据库出具的信息，微米系统，最新家用机械人制造商，是《财富》五百强企业，连续三年荣获'技术行动奖'。首席运营官为……"

"好吧，好吧，我知道了，"我赶紧打断他，换了种问法，"谢谢您，但我想问该怎么过去。"

他对我一笑："我存储有各类当地信息，随时准备满足您的需求。"

"所以呢？"

"抱歉，我听不懂，先生。您能告诉我'所以呢'是什么意思吗？"

"我在等你回答我的问题。关于微米系统公司的。"

"什么问题，先生？"

"要怎么去那里。"

"先生，在我们发生的对话中，您没有问过微米系统公司的位置。"

"我×！"该死的机械人，简直是一坨死板的狗屎，这下彻底断掉了我买这些玩意儿回家的念头。小唐虽然也爱咬文嚼字，但至少很有趣。我一板一眼地问："可否告诉我微米系统公司的位置？"

"可以。"

我叹了口气。"那到底在哪儿呢？不不，不，不用回答。就回答我一个问题：附近有旅馆吗？"

"是的，先生。这附近有许多旅馆，街对面就有一家。"他指着说。

"不，我问的是微米系统公司附近。"

"是的，先生。有一家酒店符合您的要求，距离微米系统公司一千六百米。"

"我的要求？"

"是的，先生。因为您目前体力不足，根据评估，您需要一间客房。您需要入住一家正在营业的旅馆，最好带有便利店，可以购得一些食物。微米系统公司附近有一家符合这些要求的酒店。先生，这是打印出来的信息。"机械人腰部转了一百八十度，递给我一张单子。

我向他道了谢。唐从售票亭下面看了看机械人，然后松开我的袖子，抓住了单子。

"唐，松手，快还我。"

唐越抓越紧，拿单子使劲拍打着售票亭。

"唐，我警告你——把它还给我。"

他怒视着我，手里拿着传单走开了。我转向机械人要求再印一份儿。

"这家旅馆叫什么？"我看着单子上的一长串文字问道。

"加州旅馆，先生。"

"旅馆边上有公交站吗？"

"22路，先生。旅馆外面就有一个站点，"他做了个手势，"下车那站就在酒店旁边。"

我问他下一趟22路什么时候到。

"这趟车二十分钟后到，先生。全程只需五十分钟。不过，这趟公交中途不提供卫生间或餐饮服务。若遇到交通事故（概率很小），公交车的前后位置有灭火器和急救箱。"

我再次道谢，向他买了两张车票。

"好的，先生。两张成人票？"

"是的，一个成年人和一个……"我朝唐的方向招了招手，他正走向储物柜，"唐，别走太远。"

"不！"他叫道，没有转身。

我继续跟售票机械人讲话。

"机器人有优惠吗？"

"我们有特价票，只针对儿童、老年人、行动障碍人士和注册在目的机械侍者，以及辅助机械人。没有针对机器人的优惠票。"

"没开玩笑吧？"难怪唐也不喜欢机械人。

"对不起，先生，我没听懂您的问题。请重复一遍。"

我买了两张成人票，然后四处找唐。他正伸手去够储物柜的门。"唐，别碰储物柜！回来，好吗？"

"是。"他回答我，但仍然待在原地不动。

在这个公交站我一分钟都不想多待，更别说二十分钟了，但我别无选择，只有干坐着等。但愿没人会对一个骨瘦如柴的英国人加一个老掉牙的机器人感兴趣。我心情沉重地坐在一张塑料椅上，环顾四周寻找唐。他正在狠狠地砸储物柜的门，发出响亮的"咚、咚、咚"声。

突然，我们旁边的一扇门打开了，一个脸色苍白、身穿灰色运动服的男人从里面走了出来。他把唐猛地推开，跑着离开了车站。唐被吓得瞪大了眼睛，他摇晃了一会儿，慢慢恢复了平衡，然后慢吞吞地回到了我身边，两手抓着自己的电工胶布。

我听着车站时钟嘀嗒嘀嗒地响着，就像考场的时钟，每一秒似乎都比前一秒走得更响。我瘫倒在座位上，双手穿过头发，几近崩溃。到目前为止，我还没有把唐和自己照顾好。可想而知艾米的反应——她一定会挑挑眉毛，评价道："你要是多些生活经验，绝不至于这么倒霉。"她没说错。

艾米一向负责我们的出游攻略，所以此前我从没尝过深夜受困于公交站的滋味儿。最近一次的突发状况是那趟自驾游，我们的车子在多尔多涅河公交站附近突然抛锚了。艾米只轻轻松松地用法语给当地的修车公司打了个电话，他们就来接我们了。一个小时后，我们已经在一间舒适的乡村宾馆里喝上了热巧克力。

这时，售票机械人身后的门里传来一声呼喊："前往市中心的圣琼斯巴士五分钟后发车。请准备好车票。"

谢天谢地。还没等司机说完，我就站了起来："来，小唐，快上车。"

唐费力地爬着巴士的台阶，我只得用手托住他的铭牌，从后面送他上去。他来我家时坐的那辆是低层的残障友好型公交车，但今天就没那么好运了。这些台阶着实是个大挑战，接着还有车里狭窄的过道。唐往里走着，四处磕绊，还撞到了昏昏欲睡的乘客的手肘，引发了小范围的不满。

好在公共汽车的后排座位空着，唐可以坐在中间，空间够大。一路上，我们随着公共汽车颠簸起伏，唐的圆眼睛直直地盯着我，我把头抵在窗户上假装打盹儿，但其实一直在盯着唐看。我不想总去掀他的面板检查他的汽缸，免得他担心。但另一方面，我不知道我们还剩多少时间。也许我本该在家就近找人来修的。也许这次出来是太蠢了……也许……也许最终一切都会好起来。我不得而知。

6

客房服务

那个售票机械人没有骗我，公共汽车果然直接停在了加州旅馆外面。在熹微的晨光下，一家破旧的酒店背朝大海矗立在我们面前。好在有了粉灰色的天空作映衬，酒店外观显得柔和了些，稍稍消解了我的忧虑。尽管这里毗邻沙滩，但这家酒店前面的路不通往圣莫尼卡的任何景点，目之所及只有那个破旧的公车站台。

环顾四周，好几条下水道都被用过的避孕套堵住了，还有好几个废弃的注射器散落在人行道两旁的长椅下面。所幸清晨微弱的光亮给了我些许勇气，此刻我只求来一杯咖啡，然后有张平坦柔软的床让我眯上一会儿。我暗想，这酒店再不济，也应该能满足第二项要求吧。

确实能，但旅店老板说，他们不接受唐入住。

当时我们一进大门，就有人喊："喂，你……没错，说你呢，头发软茸茸的那个。"

这人长了一副黑帮电影里经典小人物的模样：身穿网眼背心的当铺老板，头戴绿色尖顶帽，柜台下必定放着一把枪。

他拿手指指唐，说道："我们不为这种机器人提供服务。"

我正想反驳，被他打断了："瞧见没有，'只准机械人入内'。你不识字吗？"他肥硕的手指指着前台木箱子上的标语，上面写着：机器人严禁入内，先付款后入住。

唐发出了狗叫一样的低吼声，又开始一左一右地顿足。

"是这样，我只想在这里眯上几个小时，我们俩刚下飞机。"

"你聋了吗？我说了，机器人不准入内。"

"但是他坏了，他也要休息。"

"坏了的机器人更不得入内。"

"好吧。我们走，唐，咱去别的地方。"我转身就走。

他在身后喊："喂，我问你，你说你只是来睡一觉？"

我深吸一口气："是的。我刚下长途客机。我的老婆走了，我很累，我正在远征，不过连目的地都不清楚，在公交站好几次都差点被袭击，现在没心情跟人争论。我们这就走。"

"除了我们家，现在什么旅馆都不会开门的，也没有谁愿意只收你几个小时的房钱，哥们儿，除了我们这儿你没地方可去。要不这样，我给你开个一楼的房间，但你必须保持安静。我们这家店在此地备受尊敬，我不希望有人看到我把机器人放进来，听明白了吗？"

正如我所说，我已经累得说不出话来了，能不走就不走。

我根本顾不上质问他机器人比机械人差在哪里了，只求赶快交房费住进去了事儿。他从身后的挂钩上拣了把钥匙放在柜台上，告诉我酒店有早餐供应，得额外交钱，供应时间是早上七点到十点。咖啡提起了我的兴致，但不管怎样，我得先睡一觉。我用仅剩的力气向那个人道了谢，朝房间走去。

这一睡就是十二个小时，醒来时已是下午五点，我发现睡下的时候自己连衣服都没来得及脱，像只海星一样仰卧在粉色床罩上，身下的床垫脏兮兮的。不知道这段时间里唐在干吗？我看到他大致上也在地板上闭眼躺着，像我一样手脚摊开呈大字形，好像睡着了，又好像在待机。我松了一口气。之所以说"大致上"，是因为他虽然躺在地板上，但有一只胳膊和爪钩搁在床边。我仔细看了看，原来是他的手腕被床罩挂住了，害他动弹不得。他可能向我求救过，但我大概睡得太沉了，没听见他的呼救。我替他解开胳膊，轻轻将其摆回他身边。

过去的十几个小时里我一直睡着。在浅睡眠状态中，我依稀记得自己听见过一些怪声，似乎是谁在遥远的地方敲击旧管道。除敲击声外，我还听到了尖叫声和叮当的撞击声——像是锅炉和水壶在吵架。不管怎样，我绝对听见了弹簧折断的声音，紧接着还有下楼梯的"窸窸窣窣"的脚步声。

我从床上坐起来，用脏手揉了揉脸，环顾四周。现在已经是下午了，我这一觉睡得真够久的。进房间时，光线昏暗，我还没仔细看过房间的构造。尽管已是黄昏，光线也已经够亮了。

窗帘是薄纱布做的，低低地挂在钩子上，起不到多少遮光的作用。深橄榄绿的壁纸草草地糊在墙上，布满了星星点点的污渍和印迹，透着铜锈般的颜色。整个房间弥漫着一股潮湿腐烂的气味，闻起来像个长久无人问津的地下室。

房间里没有地毯，只铺着几块破布，依稀可辨是一些旧浴垫，边沿张牙舞爪地蜷曲着，仿佛极力想逃离地板。我顿时有些心酸，我光顾着自己睡，却害得小唐在这儿躺了一宿，虽然我也吃不准他的金属身子喜不喜欢睡软床。

我记起自己睡前摘下了手表，于是探身在床头柜上摸索，却碰到了一些湿答答的东西，于是猛地缩回了手。

"呸，什么鬼东西？"我闻了闻指尖，是油。太奇怪了，特别是这家酒店还不准带机器人，怎么会有油呢？我再次伸手去够手表，却鬼使神差地打开了床头柜的抽屉。我预期，或者说，希望看到《基甸圣经》[1]之类的常规物件，好让这儿显得不那么诡异。

然而拉开抽屉后，我看到了一堆电池，七号、五号和九伏的，应有尽有。紧接着，我发现床底下有一块东西，只露出一半，于是我又把身子探进去了点儿，想看看是什么东西。原来是一块汽车蓄电池，还有几根跨接电线。

不想了，不想了，随便吧。我把它们一股脑儿推回床底，关上了床头抽屉，然后从积满灰尘、床垫下陷的床上爬起来，轻手轻脚地走向那个貌似是浴室的隔间。入住时，老板就说过，这里的每个房间都带有隔间，对客人们有用，然后还莫名其妙地冲我眨了眨眼。

我站在洗手间里小便，顺便观察了下四周。马桶水箱上放着一块麂皮和一副结实的绒面革园艺手套。拿这些洗厕所？未免太小题大做了吧。然后我掀开浴帘看了看。浴室角落里通常会放几罐洗浴用品，这里却放着一罐 WD-40 万能防锈润滑剂，旁边是一瓶洗发沐浴二合一。整个冲澡区看着十分模糊不清。算了，也不是非洗不可。

我刚用一块蜡做的类似肥皂的东西洗完手，唐已经从地板上爬了起来，拍着手在门外迎接我。

"现在走吗？"

"暂时不行，小唐。真对不起，本来我们要找的人就在这条街上，可我睡过头了，今天见不到了。我们只能再多待一天了。"

唐的金属下巴往外推出——这是在噘嘴，他又开始揪胶带："地板硬。"

---

[1] 基督教的《圣经》版本之一，常见于各地的旅馆及汽车旅馆。——译者注

我内疚极了，这个可怜的小机器人连张床都没有，我却睡过头，误了正事儿。

"我知道，我知道，对不起。我不会再这样了，这次真的太累了。"

"本现在不累了吧？"

我谢过他的关心，提议道："要不我们去附近转转？走吧，去看看有什么好玩的。"

傍晚时分，外面的雾大得吓人，我们在人行道上一直走啊走，只想换个落脚点，赶紧搬出那家诡异的酒店。然而走了好久，我们俩都筋疲力尽了，脚也很酸。旅馆老板说得对，根本没其他能住的地方。街面上一整排的商店都钉上了铝板，唯一能参观的只有垃圾堆。加州旅馆是冷飕飕的薄雾中能看到的唯一一家开张的店铺。

我转向身边的小朋友："唐，回去吧。这里没什么可玩的。雾这么大，走也走不远。"

一天下来，唐已经有点儿崩溃了，却始终没闹脾气。虽然他有时确实很难缠，但当现实让人绝望时，他还是挺善解人意的。

我们回到了旅馆的房间。幸好没忘带钥匙，我总算做对了一件事。换作以往，我只会一次次把事情搞砸。

唐拉开薄纱窗帘，然后坐在了窗边的摇椅上，凝视着窗外黑漆漆的夜。我从另一侧的床头柜里翻到了一本旅馆的信息册。

活页册子里说，供应早餐的餐馆也提供"亲密套餐"，名字都很有喜感，比如"螺母和螺栓""油鱼"等。这家旅馆为什么这么厌恶机器人呢，我百思不得其解。随后我才想起从上飞机到现在，还没有吃过饭，顿时感到饿极了。而且我还没有喝到咖啡，真头疼。

我不想去餐厅或其他公共区域，于是叫了客房服务的特色菜，还点了杯咖啡，但前台告诉我咖啡机坏了。

"速溶咖啡也没有吗？"

"先生，这儿是高端场所，不供应那种咖啡。"

我无言以对，愣了一下，说："那好吧，有啤酒吗？"

一个身穿法国女仆装的机械人送来了饭。不过我和唐都觉得这点儿创意真挺无聊的。机械女仆一只手扶着臀部，侧向一边，另一只手托着餐盘。

"需要我为您服务吗，先生？"她说，对我挤了挤眼。

我拒绝了，说我自己来。

她又朝我眨眨眼："好的，我明白了，先生。需要的话，桌上有我的电话，我随时会过来。"然后她离开了。"这到底是什么情况？"我满腹疑问，但唐只是看看我，耸了耸小小的金属肩膀。吃饭时，我们俩都无精打采地沉默着，为了打发时间，只好开着老掉牙的电视，使劲找点儿乐子。换了几轮频道后，我放弃了。看来只能早点儿睡了。我移到床的一侧，好让唐睡在另一边。这张双人床很窄，唐的体形摆在那儿，我好几次险些从床上掉下来。

第二天清早，旅馆的走廊和大厅比昨天下午热闹多了，人们进进出出，每个人都带着一个机械人。由于睡得很不好，而且没喝到咖啡，我没心情找麻烦。唐也显然觉得浑身不自在，他紧跟着我，焦虑地东张西望。走到大厅时，所有的人和机械人都饶有兴趣地回头打量我们。

这里简直太诡异了，所以我随身带上了背包，想着吃完早餐赶紧退房。我把包搁在前台，按响了面前的电铃。早班服务员是个精瘦的老妇人，浓妆艳抹，指甲留得很长，看着怪难受的。

我礼貌地向她打听餐厅怎么走。

"那边。"她告诉我，干瘦的手臂指向大厅的另一边。

我付了账，朝她指的方向走去——咖啡，我来了——我突然想到一件事："不好意思，请问，您知道人们为什么盯着我们看吗？"

她那薄薄的红唇挤出怪异的笑容。"因为你带的是个机器人。他们觉得它……嗯，它很古怪。恕我直言，它有点儿不正常。"

"不正常？"

"除了你，你看还有其他人带这种小东西吗？"

我环顾四周，这才恍然大悟：我是唯一带着唐这种机器人的。除了唐，其他所有的机械人都是女性，都像刚才那个送餐的客房服务员那样穿着风骚的制服。我这才恍然大悟：他们以为，唐是我的那种"伴侣"。我抓起背包："走，唐，我们走！"

7

临时的身体

我把钥匙扔给店员，飞快地冲出了旅馆。唐在后面使劲追。

"本……本……本……本……停下……本！"

我一口气冲到了前一天下车的公交站，这才停下。一分钟后，唐来了，他瞪着我，眼珠子几乎要从眼窝里跳出来了。

"对不起，唐，我只想快点离开那个旅馆。"

唐点点头："可是……本……咖啡？"

"我去别的地方买。"

"哦。"

"你是对的，唐，我们昨天就该走的。我们现在就走。"

但我一看层层涂鸦的公交车时间表，发现最快的车还要等四十分钟。"要死，咱打车走。"

五分钟后，我叫到了一辆出租车。用力把唐推进后座后，我跟在后面钻进了车子。

"二位去哪儿？"司机问。

"呃……微米系统，您知道这地方吗？"我拿起手机给他看地址。

他看了我一眼，那眼神就好像在发动机里发现了一只死老鼠。

"知道。我当然知道。"

"你什么意思？"我问道。

出租车司机开车上路了："一看你就是去加州旅馆潇洒的那种人，第二天呢，就回酷炫的大公司上班。"

"哪种人？"

"收拾得人模狗样的，到这里找点家里找不到的乐子呗。那家旅馆里净是你这种人，不过我得说，我倒是从没见过带这种机器人的。她们一般……更像真人。"

"行了，这下全说得通了。"我说，"但你误会我了，你误会我们了。"我从后视镜里看见他挑了挑眉："随你说咯，朋友。"

"随你怎么想。"我懒得再多费口舌。我开始厌烦周围人议论我和唐。

出租车穿越大雾，载着我们停在了一幢类似滑板公园造型的大玻璃建筑外。建筑两边高，中间向下倾斜，楼前是平坦的路面，精心修剪的盆景像机舱过道里的小灯，整齐地列队在建筑物两旁。我和唐穿行在大雾中，分别从路的两边向前走，犹如漫步云端。

大楼内，门厅和外面的路面很像，摆着类似的盆栽。进了正门，大厅的一侧摆着几张硬皮沙发，后面则是一个高高的服务台，跟正门离得老远。来访者从门口到那儿还得走上一会儿，想必前台接待人员和访客都会很尴尬吧。所幸前台那位娇小的金发女郎正在打电话，所以没注意到我们。整个门厅里除了我和唐，没有别的访客。

我几乎是踮着脚穿过这片寂静的空间的，无奈唐的脚像金属球拍般"踢踢踏踏"地踩在大理石地砖上，令我们无处遁形。我仔细观察着唐，看他认不认识这里。

"这里眼熟吗，唐？"

"不。"

"真的？"

"是。"

"你是从这里来的吗？"

"不是。"

接待员挂断了电话，唐和我刚好走到前台。

"先生，需要帮忙吗？"她笑着问。

"是的，希望您能帮到我。我在网上找到了你们公司的名字，想看看能不能跟这儿的人聊聊机器人的事情。"

接待员的手指正缠绕着自己精致的衬衫上那个特大号的蝴蝶结。

"机器人？"

"是的，就是这个。"我指着唐。

她起身从前台居高临下地打量着唐："您有预约吗？"

"我就是来碰碰运气，想找到他的生产者，他底部的金属牌上写着'微米'，我猜可能是你们公司……因为你们这儿生产机器人之类的。"

"我们生产的是机械人，先生。"

"哦。"

"我觉得它不是我们这儿产的。"

我没说话。

"先生，还有什么需要帮忙的吗？"

我可不想在第一关就败下阵来。

"那有没有人懂老式机器人，或者类似这种的？"

她皱起眉头，用法式指甲轻叩牙齿。

"那，要不你跟克里聊聊。他是游戏部的，但我记得他对机器人挺感兴趣的，纯是个人爱好。"

"好啊，听着挺合适的。"

"您可以先在候客区稍坐一会儿，我给他打个电话。"

唐和我对视了一眼，望向远处的沙发。

"谢谢，不过等我们走过去，又该走回来了。"我笑了笑，但接待小姐并没有接我的梗。我挠挠头掩饰尴尬，却摸到发尾已经卷起来了。和艾米第一次见面时，她就说喜欢我这个动作，觉得很可爱。可她离开我时，却说这动作让人厌恶，跟个学生似的。

接待员在超薄笔记本上打了几个字，笑了笑。然后她又打了几个字，轻轻一敲回车键，说道："他这就下来。"

我们等了很久。我既怕唐感到无聊，又替旁边的玻璃墙捏了一把汗。唐的耐心终于到了极限，不过他放过了玻璃墙，跟地板较上了劲儿。他发现了自己在大理石地板上的反光，于是弯腰仔细去看，双脚也慢慢溜了下去。

我提醒他别伤着自己。

"不会。"

他小心翼翼地向前挪动一只脚，眼睛睁得大大的，盯着大理石地板。然后他转过身，突然"哐啷"一声跌倒了。我惊恐地预见了下一秒的事情。果然，唐一边声嘶力竭地尖叫，一边在光滑的地板上滑出去老远。

"唐，快回来。"我想轻声喊住他，已经太迟了。大厅骤然变成了轰隆隆的停机坪，唐的尖叫声和我的责备声在空旷的玻璃大厅里反复回响。接待员站起身来。

"先生，您能让机器人跟您待在一起吗？我们不希望发生任何损伤。"

我冲她抱歉地皱了皱眉，叫唐过来。他滑了回来。

"我得给你拴上缰绳。"我说。

"降水？"唐伸出爪子指着外面的天空。

"缰绳。像马一样。"

唐的眼睛亮了起来。

"本的马？"

"它们不是我的马。但是，没错，就像那些马一样。"

"唐喜欢本的马。"

"嗯，我也喜欢。现在请你待在原地好吗？"

唐叹了口气，站在地板上，双手揪着电工胶带。

漫长的十分钟过后，右边传来了玻璃门转动的刺耳声音。我们循声望去，一个身材高大的男人走了过来，是我应付不来的那种人——背膀宽阔，晒得黝黑，穿着名牌衬衫和时髦的短裤。乍看上去，这一身并不适合穿到办公室，但在他身上毫无违和感。可再怎么说，他看着一点儿也不像个机器人爱好者……不容我多想，他朝我伸出手，露出完美的牙齿和酒窝。

"我叫克里·菲尔兹，您好。"

"我叫本·钱伯斯。"

"凯拉说，你有个机器人想让我看看，是想卖掉他吗？"

唐的两只爪钩抱住了我的腿。

"并不是。他损坏挺严重的，我们需要帮助。我想找个人把他修好。"

"跟我来，让我看看。"克里笑着说。

他把我们领回大门处，然后带我们走进了一条被棱镜或其他材料隐藏起来的阳光灿烂的玻璃走廊。走了一段后，克里突然向左一拐，穿过了一堵墙。我赶紧跟上，我看见他正为我扶着下一扇玻璃门。

这是一间玻璃会议厅，里面有台环保饮水机和一张玻璃材质的大会议桌，桌子周围摆了一圈时髦却不太舒服的椅子。克里招呼我一起坐下，并朝唐招招手："过来呀，小家伙，我不会伤害你的。"

唐看着我，征求我的同意，我点了点头。他走过去站在了克里面前。紧接着，克里掏出了一副眼镜。据我所知，在加州戴眼镜是违法的。

"我老婆，"他晃晃眼镜，"我本想做激光手术来着，但她觉得戴眼镜显得很'尊贵'，搞得我多有文化似的。由她吧。"他看了看唐："他的确很不寻常呢。至少在这个年代可谓罕见。"

"没错。他的汽缸坏了，在面板里。"我揭开唐胸前的电工胶带，好让克里看清楚。

克里看到玻璃缸上的裂纹后点点头，鼓起腮帮子说："凯拉说得不错，他不是我们这儿造的，也不可能是我们公司的早期产品，这完全不像我们的风格。我都不知道这些零件是从哪儿找的，也想不出要怎么把汽缸安进去。虽然他就在我面前，我还是想不出怎么能造出这样的机器人，更猜不到得花费多久。"

"哦。"我说，心里越来越忧虑，好在克里的下一句话给了我些许慰藉。

"不过别太担心。他还能撑上好几公里呢。有机会的话把汽缸换掉。你是不是害怕他死翘翘？放心，机器人不会死的。"

我因紧张而耸起的肩膀终于放松了，这才发现自己早已屏住呼吸。

"你知道汽缸里的液体是干吗用的吗？"我问。克里摇摇头。

"实在抱歉，我并不知道。润滑剂、冷却剂、燃料？都有可能，

-52-

甚至也可能只是为了平衡。知道吗？就像我们的耳水。"克里耸了耸肩，"照我看，你这机器人是匆忙赶工做的，但是这人一定很懂人工智能。看这里，"他指着唐的胳膊和身体的连接处，"不过是根管子，但制造者一定是经过深思熟虑的。我猜他当时手头上没有惯用的零部件，所以用上了所有能用的东西。装上这种软管，机器人的活动范围就会非常大。试想，要是用金属材料把它们焊在一起，机器人能做的事情肯定不足现在的一半。你瞧，这么一来，这机器人的身体是固定的盒子，但手臂的活动范围极大，弥补了身体的不足。腿也不例外。不管这人是谁，我敢说他的思路很清晰。你要想解决这事儿，最好就去找造这台机器人的人。"

我瞥了唐一眼，他的眼睛虽说睁得大大的，但看不出此时什么心情，似乎对这结论不置可否。

克里揉了揉下巴："我甚至认为，这是那位仁兄刻意而为的一件作品。"

"故意的？"

"是的，好比造物主。你知道，有点儿像埃菲尔铁塔，建造之初并没计划被久留，但屹立至今。"

"我没明白……"

"我觉得这个小家伙在制造时并未打算被久留，而是临时的，包括汽缸也是。"

"为什么要这么做？"

克里耸了耸肩："我说了呀，可能制造者当时很匆忙，手头上缺了不少零件，又或者他打算闲下来时再给他升级。"

"升级的意思是重新造个新的，还是把他本身升级？"

"都有可能。"

我点了点头，然后停顿了片刻。

"我还有一个问题。"

"问吧。"

"你一直说他他他，为什么这么肯定小唐是个男人造的？"

克里笑了笑，他靠在椅子上，对着我晃了晃手指："问得好。我也不是百分百肯定，大概百分之九十的把握吧。我见过很多人工智能产品，久而久之就有经验了。你也能分辨男人和女人的笔迹吧？一回事儿。当然我不打包票，只是他看上去就是男人的作品，很阳刚。"

我同意他的观点。"我第一次见到他时，我就知道他是个男孩机器人。不光因为他的声音是男声，还有其他原因，说不清。"

"挺有意思的，对不对？我们还是有意无意地把人类的特质赋予了这些机器，而且人们真的会与他们产生情感上的联结。这条街走到头，有一块墓地，人们会去那里凭吊自己死去的机械人。"

"你在开玩笑吗？"

克里摇摇头："不。对某些人来说，他们就是有用的宠物。我知道你在想什么——不过只在加州有，对吧？"

我做了个手势表示否定，但其实他说得没错。

"行了，不管你是来旅行还是任务在身，我大概帮不了你了。但我有个朋友或许能帮上忙，是我的网友，不骗你。她叫Kittycat9835，真名叫莉齐·卡兹，是个博士。"

"她做机器人吗？"

他摇摇头，摘下眼镜，用手指揉了揉眼睛："不，她在休斯敦一家博物馆工作，在得克萨斯州，是位机器人历史学家。你去找她试试。本，"他停了下来，直直地盯着我，"说实话，你的机器人该升级了。我可以给你个新款折扣价。他们的本领更多，而且他们肯定不会宕机。"他自信地笑了笑，拍了拍我的胳膊。

在这之前，唐一直表现得很有耐心。可是一听到这句话，他就开始剧烈地边摇晃边顿足，双手紧紧抓住我的手臂，把我抓得生疼。我为让他听到了这番话而内疚。我知道和唐在一块儿显得很奇怪，但我太习惯他了，以至于完全忘记了他跟机械人比起来的确相差甚远。他还小，大概还不到六岁，但对人工智能产品而言，应该算是相当陈旧的了。

"呃，不用了，谢谢你。我就要这个。"

克里耸耸肩："你喜欢就好。这是我的名片，请拿好，万一你改主意了呢……"然后他凑近我，在我耳边狡黠地说，"不怕冒犯你的机器人，本，大家最终都会选择升级换代的。况且他已经坏成这样了……他会体谅你的。"

艾米也这么说过。我不相信唐会体谅我，但我没说出来。我谢过克里，感谢他抽空来见我们，还有他给的建议。临走前，我又问了个问题："你这儿也没有咖啡机吗？"

8

天生狂野

　　当我们坐上出租车，前往附近最可靠的租车店时，我才开始逐渐恢复元气。这完全归功于克里·菲尔兹先生给我的这杯美味热咖啡，他真是个大好人。

　　唐和我在路上争论了起来。

　　"不行，唐。你就不能消停会儿吗？"

　　唐指着天空："头——等——舱。"

　　"不行，唐。我说过了，头等舱太贵了。"尽管我这么说过，可我清楚自己在扯谎。好在克里判断他"还能撑上好几公里"，这给了我不坐飞机的借口。

　　我本该在唐开始闹腾的时候就把这话告诉他的，是我大意了。

　　"头……"

　　我坚决地对他竖起了食指，要求闭嘴。他看了我一眼，默默揪起了电工胶带。我总算赢了一回。至少这次我没有被一台垃圾凑成的玩意儿情感绑架。

　　我只掌控了大约二十分钟的局面。二十分钟后，当租车公司的接待员问我"您想租辆什么样的车"时，好日子就到头了。

唐挂在我的腿上，用爪钩使劲捏我，坚决要求租一辆底盘低的车子，这样他就可以轻松地坐进去了——说白了，他就是要肌肉车，最好是野马[1]。我才不租野马。这回我不会再被唐说动了。接待员明白了我的意思，推荐了一辆小汽车，说可以用吊车把唐推进去。唐不为所动。

于是，我们租了肌肉车。

那位接待员看起来很年轻，像是连考驾照的年龄都不到。他凭借着职业素养努力无视这个无理取闹的机器人。我给了他一笔可观的小费，感谢他谎称"所有的野马都租出去了"。最后他给我们租的道奇冲锋者[2]多加了点儿油，虽然只够开到前院，我依旧感谢他的体贴。

唐又拉又拽挤进座位，开始摆弄他碰得到的每个按钮，兴高采烈地换着电台频道，加州摇滚、加拿大民谣和基督教节目此起彼伏。

"唐，关掉。"

他缩手坐回自己的座位，又揪起了电工胶带。

"对不起。这样，待会儿我们出发的时候，你想听什么就听什么，好吗？"

他的小短腿在身子前面踢来踢去，看来是同意了。

出发。当我们缓缓驶离圣琼斯，丘陵逐渐变得平坦。在广阔而高远的淡蓝天空下，几处顽强的绿色灌木零星地分布在沙地上。除此之外别无他物。远处有群山的影子，但道路似乎通不到远山，仿佛那只是风景画的一部分，永远矗立在无法到达的地方。唐又开始不停地换台，这是我答应过的。他花了好一阵子才调到喜欢的频道，当

---

[1] 野马：福特野马（Mustang），是美国福特汽车公司推出的大马力轿车。——译者注

[2] 道奇冲锋者：大中型轿车，道奇轿车旗舰车型。——译者注

时我们正开进一片茫茫的荒漠，沿着五号公路往下走。当听到他最后选中的歌时，我的心随之一凉。

不久前，我还住在舒适的、没有抵押贷款的家里，随心所欲地过着小日子。我有个爱我的妻子。好吧，可能现在不爱我了，但我肯定她至少是喜欢我的。一定喜欢过我。现在呢，我顶着加州的沙尘，苦哈哈地开着道奇冲锋者，身边只见多肉植物和风滚草。没有妻子，没有工作，也压根儿不知道要往哪里去。边上还有一个老式机器人，这么多电台，他偏偏选个正在放《天生狂野》[1]的。

我一边盯着前方，一边摸索着电台旋钮，不料唐竟握起金属拳头，朝我伸出的手狠狠给了一拳，吃痛的我赶紧缩回了手。他瞪了我一眼。看来唐很喜欢这首歌。他摇下车窗，摊开四肢，把一只金属胳膊搭在车门上，和着车窗外"呼呼"灌进来的风，发出快乐的尖叫。他使劲把上半身探出窗外，电工胶带在风中飞舞，发出苍蝇被困在啤酒瓶里的那种嗡嗡声。

"唐，把窗户关上。太吵了！"我喊道，但他无动于衷。"唐，"我在他身上拍了一下，然后指着汽车音响，"关窗……歌都听不清了！"他坐回座位上，摇上了车窗。

他坐了几分钟，一条腿依旧难掩躁动，逐渐摆动得越来越明目张胆，另一条腿随即也加入了进来，接着是两只胳膊。没一会儿，他全身都忍不住动了起来，用自创的古怪舞姿表达着对这首歌的喜爱。我不由得笑了。唐发现了，于是彻底不加掩饰地上下踢腿，开心极了。就这样，我的情绪伴随着音乐开始平复。唐很有个性，而且一

---

[1] 《天生狂野》：英文歌名为"Born To Be Wild"，是摇滚乐队荒原狼（Steppenwolf）1968年发行的同名专辑中的歌曲。主歌歌词大意为：发动引擎，驰骋在高速公路上，寻求冒险之旅；无论前方发生什么，亲爱的，去有所作为吧。——译者注

直在成长。然而，他并非生来狂野。事实上，他"生而为奴"。一想到他那漏水的汽缸和迟早到来的大限之日，我不由得悲从中来。

五号公路象征性地从洛杉矶的郊区一穿而过，景观很快恢复到了最初的单调、无聊和"彩虹尽头"的远山。我们还经过了一座风电场，唐目不转睛地盯着它，脑袋随着风车叶片的转动而微微转着。经过风车时，唐费劲巴拉地转动着身子，透过车的后视窗继续看，直到它们消失在我们身后。

我连续开了几个小时，好在这辆车有巡航控制系统，否则这么单调的场景，我很容易走神。我的思绪又飘到了艾米那头。不知道她在做什么，要是她也在，会说些什么呢？大概会让我专心开车，别胡思乱想。

唐用爪钩扯了扯我的衬衫袖子，把我从思绪中拽了回来。不知不觉间，我们竟已驶入亚利桑那州，正朝着新墨西哥州进发。我放慢车速，慢慢地穿过一个普普通通的小镇。唐却突然指着后面的什么东西。

我瞟瞟后视镜，什么都没看到。"呜——汪，"唐叫道，"汪！"看我仍一脸困惑，他不满地皱起眉头。

"你说什么，伙计？好像狗叫哟。"

他一屁股坐下，一边尖叫一边奋力蹬腿。

"你在学狗叫吗？怎么了？"

"是的。狗。"

我问他："狗怎么了？"

"狗，狗，狗，狗……"他说，再次指向我们后方。

我摇下车窗，朝车后面看去。哦，是一条腊肠犬。那东西挨着后备厢，因为离后视镜太近所以我刚刚没看到。

我转过身专心开车，想忽视这条追着我们的小狗。我只想赶紧开车穿越这个荒凉的小镇，不想再节外生枝。无奈造化弄人，命运拿我的膀胱开起了玩笑。我长叹一口气。后视镜里，那条腊肠犬在视野里进进出出，忽左忽右地跑着，不知怎么地竟能始终紧跟着我们。

"狗——狗——狗——"只要那只小狗一出现在唐的那一侧，他就开始喊。

"闭嘴，唐，我知道有狗。"虽这么说，我还是得停下看看这只腊肠犬到底想干吗。

"不行了，憋不住了。"我把车子靠边停在了人行道上，旁边有几家五金店、酒铺和杂货铺。我在街上四处看了看，所有店都关了：门关着，窗关着，百叶窗也都拉上了。

"什么情况？"我自言自语，"银行放假，还是僵尸入侵？"这时候，有东西轻轻蹭了下我的腿，我低头发现那只窄脸小狗正盯着我看。它通身姜黄色，有一对琉璃绿眼睛，一只耳朵缺了一边，还戴着腊肠犬标配的红色波点项圈。我弯下腰拍了拍它的头，眯着眼睛读它衣领上的标签："它叫凯尔[1]，唐。凯尔！笑死人了！"

唐下了车，喱嘟喱嘟地走过来，戳了戳小狗的身子。狗闻了闻唐的腿和底盘以示回应，紧接着就抬起一条短腿在唐身上撒尿。唐尖叫着试图把狗赶走，狗却很执着，一眨不眨地盯着唐的脸。唐很生气，而我为了看乐子也没帮他解决问题，他的心情可以理解。

"哎哟，好啦，小唐，他不过是想讨好你，跟你做朋友。"

"朋友，"唐竭力斟酌措辞，"本，朋友。狗不是朋友。"我用脚

---

[1] 此处英文为"Kyle"，有狭窄之意，暗示腊肠狗的体形狭长。——译者注

把腊肠犬赶走，然后环顾四周，想找个东西把唐擦擦，最后只找到了后备厢里的麂皮革垫。

"现在走吧。"唐请求道。

"你又变卦。几分钟前还吵着要停车。"

"镇上没有人，只有狗，"他解释道，"狗漏水，狗不好。所以小镇不好。"

我没法顺着他的逻辑争辩下去，毕竟自己的问题还没解决。狗迈着小短腿绕着车子不停地嗅，嗅嗅车轮，嗅嗅散热格栅。

我在主路上来回转悠，想找一家咖啡馆或酒吧，或者任何可能有厕所的地方，结果一家都没有。最终，我尿在了一条小巷的垃圾堆里。我用余光看到唐正盯着我。释放后，我快步回到大街上继续探索。

"真是个奇怪的地方。"我又自言自语起来。不仅仅是这条街没人，所有店都大门紧闭，就连住宅楼的窗户都紧闭着。我想，刚才一定在哪里拐错弯了。不过按理说美国高速公路系统如此发达，路标都挺明显的，发生这种事的可能性很小。

目之所及，所有建筑物的表面都蒙着沙土。我环顾四周，发现一家商店的橱窗里挂着一块牌子，写着"本店关闭，获准后将重新开业"。马路尽头的最后一幢房子前立着一根篱笆桩，上面有一截断裂的黄色塑料隔离带，黑色的大写字母分明写着"小心""辐射"。

我顿时感到毛骨悚然，撒腿就往车子的方向狂奔。唐看着我，不明就里。"唐！快上车，快跑！"凯尔还在不停地嗅车轮。我一把抓住它柔软的肚子，把它丢进了后座。

唐更糊涂了，小眼睛开始滴溜溜打转。

"别怕，唐，我们马上离开这儿，我们马上走。凯尔跟我们一起走，这里很危险。"

唐的脸上乌云密布，就和艾米一样。他转头看凯尔，凯尔扑过来，狂舔唐的脸，又引起了一阵尖叫和挣扎。唐对我怒目而视，气呼呼地把自己的身子往座位上重重一摔。

开着道奇冲锋者，载着复古机器人和放射性腊肠犬穿越沙漠，这压根儿不是我的计划。但生活不就是这样，难免把人领向奇怪的境地。事已至此，只能随遇而安。毕竟还有比这更糟糕的时候，比如，在一场失败的婚姻中小心翼翼，在家里如履薄冰。所以，没错，当下还不赖。

我开了很长时间，中途还停在路边睡了会儿。即便如此，我们也只是进了得克萨斯的州界，离休斯敦还远得很。这条路似乎没有止境，巨大的油罐车和皮卡是公路上仅能见到的两种车，其中一辆皮卡车的车斗里竟然还拉着一匹死马！

我又饿又乏，于是看到加油站便停了下来。加满油后，我去便利店买了些吃的。我拿了一根热狗、一些奶酪片和其他各种小零食。柜台后面的服务员是个胖男人，长得像在地窖里藏手榴弹的怪胎，所以我不想逗留太久。然而，付钱时总免不了交谈。

"朋友，你是不是迷路了？"

"呃，不，应该没有。"

"你肯定迷路了。"

"为什么？"

"因为你来了这儿，还是从那个方向开来的。谁都知道那是什么地方。"

"镇子？没有人的那个？"

"是的，只有一只狗，它总是来来回回。"

"来来回回？"

"没错。"他斩钉截铁地说。很显然，关于凯尔的话题是彻底聊死了，但他另起了一个："你也不是第一个迷路到这儿的，而且也是一头雾水。"店员在柜台上摊开一张地图，用肥肥的手指指出我们此时的位置。

"咱现在在这儿，"他说，然后把手指戳到另一个地方，"我猜你要去这里。我不知道你们怎么会开到这条路上，不过继续开下去，会走到一个十字路口，在那里拐弯，就能回到正路啦。"

我看了看他指的地方。果然，那条路通往休斯敦。虽然还隔着好几百公里，但方向是对的。

"我还是挺好奇的，"我说，"能不能告诉我，那个镇怎么了？"

"核泄漏，"他主动帮我把热狗放进身后的微波炉加热，"那个城镇完全是为了安置附近核电厂的工人而建的。我可不笨，才不要待在核反应堆边上，所以我选择到这边工作。"

"厉害，"我说，"太有远见了。"

"是啊。不管怎么说，无论他们在那里干了什么，都是不对的。最后他们来了，把所有人清出去，封了整个镇子。"

我如释重负。

"别担心，事故已经经过去很久了，不会有什么影响的。我还在这儿待着呢，是吧？"

我感觉好多了，忍不住还想问"是多久以前的事儿"，想想还是别问为好。

我谢过这位店员，举着松脆的热狗回到了车上。

"没事吧？"唐问道。

"没事，别怕，小家伙。"我言之凿凿，不想惹他担心。万一他一着急，一漏油，租车的押金铁定退不回来了。不光如此，唐的汽缸造成的紧迫感越来越强烈，我愈发担忧起来……正想着，耳边传来一阵"呼呼"的喘气声，我吓了一跳，原来是凯尔想吃我手里的热狗。唐不需要进食，所以我已经习惯吃独食了，因此下意识地把狗也忽略了。我给它分了一小段儿热狗。它看着挺壮实，应该没挨过饿，但毕竟是只狗，吃什么都狼吞虎咽的，仿佛从没吃过这种好东西。于是我撕开一包薯片，放了一些在手心里喂它。

吃饱喝足后，我们重新上路。虽然那个胖店员说没什么危险，我还是想快点儿逃离"孤狗镇"。说到狗，车里这只狗，我一时间还不知道拿它怎么办。

"唐，我们要帮凯尔找主人，恐怕还得多待会儿。"

不过我们很快就发现，凯尔不需要主人，也不想要主人。不知道是因为我只喂它垃圾食品，还是因为唐不停地回头戳它耳朵、捏它爪子，反正到了邻镇，我下车去买晚饭、找厕所时，这只狗就主动跳了下去。我以为它要跟我去洗手间，但它坐在滚烫的柏油路上不走了。我走了几步，然后转身叫它。

"别管它。"唐在车里说。

"别这样，唐。"

我向凯尔走回去，却发现自己的脚麻了。我蹲下来，朝它伸出手。它舔舔我的手指，把脑袋塞进我手里，要我摸它的头。

"嘿！凯尔，瞧我们的小伙伴凯尔来啦。"我身后传来了一个声音。

我转身看到一个好看的家伙，他身穿格子衬衫和牛仔裤，大摇大摆地走了过来。他在凯尔旁边弯下腰，在它面前举起了手。狗和他击了个掌。

"你认识这只狗？"我问。

"是的，人人都认识它。它是这里的常客。"

"它的主人呢？"

那人笑了，意外地露出几颗炫目的大白牙。

"它没有主人。这里家家户户都愿意收养它，但它就是不爱受约束。它去哪儿都能吃到东西，却从不肯久待。它喜欢回家。"

我问凯尔的家在哪儿。

"那边的小镇，"他指指我们来的方向，"杳无人烟，只有它这只狗。大概它正是喜欢这一点。别误会，它并不是享受孤独，只是崇尚自由。它不想做宠物。"

"可它戴着项圈。"

"是的，它戴着项圈。没人知道是谁给它戴的，一定是那个镇上还有人的时候，它的前主人给它戴的。"

"哦。我刚把它从那个镇上带来。它一直追我们的车，我以为它迷路了。"

"是的，它老是这么做。小疯子。"

凯尔高高跃起，发出一声低吼，好像在重复那个人说的话。

"我是不是不该带它过来？我不是有意把它从家里带走的。"

那人摆摆手："没没没，用不着担心，它可喜欢搭车了。你可想不到有多少人曾在这条路上迷路。它就这么时不时搭搭车，兜兜风。不说了，我要走了。"他同我握手，又跟狗击了击掌，"回见，凯尔，乖乖的。"

他走之后，我想起了加油站店员的话。

他说过"这狗来来回回"。凯尔好像把我们当作了顺风车，显然是轻车熟路了。

这时，我身后的车门开了，唐走了下来。

"把它留下吧？"他提议。

"呃……好的，可以。"

唐跳着脚尖叫，喜出望外，爪钩紧紧搂住我的双腿："本和唐！本和唐！"

"好了好了，唐，我知道了。"我挣脱他，想找个地方吃晚饭。

9

众生平等

我们抵达汽车旅店时天色已晚，这是一家单层的马蹄形旅馆。按照路标上的说法，这里位于十号高速公路附近的斯托克顿堡。我们选这家汽车旅馆的理由是它看起来很干净，养护得相当好，而且最重要的是，店员不像杀人犯。这最后的假设完全基于我的前两次经历。不过当然了，我要是个变态杀人狂，专门引诱司机来住店，也肯定会打扫得干干净净。但当时我没想到这一点。

我们驶离大路，穿过停车场，细小的砾石被轮子碾得噼啪作响。车子缓缓靠近旅馆，唐跟猫头鹰似的，脑袋定住不动，双眼紧盯着汽车旅馆的霓虹招牌"留下！"。他好像很喜欢黄色和蓝色的光，灯光一闪，他就发出一声尖叫，仿佛从没见过这么棒的景色。

唐的尖叫宣告了我们的到来，一个高个子、身材魁梧的男人走了出来，从办公室"咔咔"走到前台。这是个典型的德州佬，头戴牛仔帽，蓄络腮胡，身穿格子衬衫，猎枪则像只鹦鹉一样乖巧地落在他的肩头。令人惊讶的还在后头，他的膝盖下只有一条真腿，另一条是褪色的金属义肢，像辆凯迪拉克在夕阳下熠熠生辉。

当唐看到那条假腿时，他的眼睛瞪得大大的。对他而言，这人既不会是事故中的不幸受害者，更不会是战场老兵——在唐看来，这人大概是机器人童话里那种仿生人或混血品种之类的。

"住店吗，老弟？"

"是的，麻烦了。我们俩住，要一个双人间。"

男人扬扬眉毛，点了点头。他一歪头，示意我们跟他往办公室走："你这位小朋友不错，经典款。是了，很不错。"

我瞥了一眼唐，哪怕此刻他的脑袋里冒出个心形泡泡也不奇怪。在这个男人看来，唐并不是个生锈的机器人或过时的破烂货，他觉得唐是个不错的经典款。何况这个德州人是除了凯尔外，第一个没有对我们大惊小怪、另眼相看的人。妈的，连我也要爱上他了。

"他真的很好，谢谢你。可是很多人只当他是个过时的怪物。"

"不会，他的做工一级棒。"我心虚地瞄了一眼唐的电工胶带。

"是啊，不过也没人再生产这种款式了。"

说话间，我们走到了办公室，德州大汉在钥匙架上摸寻了一会儿。

"给，8号房，双床，不过有张床破了，所以房价给你算便宜点。这小家伙躺上去可能更方便。"

我向他道了谢。

"别客气。房间里有电视，全天候供应冷热水淋浴。洗衣机械人每晚会来，有别的什么需要尽管喊我。晚安了。"

我不知道是因为破床，还是因为他喜欢小唐，才会给我们格外优惠，但的确是给了个好价钱。

去车里取东西时，我在车窗里看到了自己的影子——得洗澡了，把衣服交给洗衣机械人也不失为好主意。这种机械人多用在酒店和汽车旅馆，为客人提供清洁服务，很实用。我从不觉得机械人非买不可，但洗衣机械人的确不错，用起来很方便，而且很有礼貌。这种机械人操作非常简单，只须把要洗的衣服放进他的身体里，喂他几枚硬币，他就会自己找个角落，默默把衣服洗干净。他不会真的把你的衣服拿走，除非故障。故障也少见，升级版就更少出故障了，那属于极小概率的事件。

关于洗衣机械人，我只有一次特别糟糕的使用体验。几年前，艾米去日内瓦出差，那时我们还喜欢黏在一块儿，所以我陪她一起出差，住在一家美丽的湖景酒店。艾米的公司承担食宿和其他所有费用，所以整个旅途我只管尽情地享受，自得其乐，甚至都不用出酒店，简直置身天堂。她们的会议第二天才开始，很多同事还没到，所以第一晚可以尽情放松。我和艾米选了酒店里的一间餐厅用晚餐。原本一切都很完美，然而中途我不小心打翻了满满一杯酒，全洒到了艾米腿上，她最喜欢的那件飘逸的奶油色衣服顿时被毁得惨不忍睹。当时我就知道，完了，今晚算是砸了。没等甜点上来，我们就走了。

"太对不起了，艾米，我明天找个洗衣机械人来看看怎么办吧。"

"明天？到明天就洗不干净了呀？必须赶紧处理。我泡它一晚吧。"

"好吧，我去前台问问有没有机械人能用。"

回到房间后，她换上了睡衣，把那件宝贝衣服递给我，让我去处理。

我到了前台却得知所有洗衣机械人要么被占用了，要么在停用维护中。

"拜托了，你们一定要帮帮我。这是我妻子最喜欢的衣服，她对我很生气，我不想在这么美丽的日内瓦跟她一直冷战。"

"对不起，先生，但是我们现在没有可用的洗衣机械人了。我可以为您预约明早第一个使用。"

我用最诚挚、最可怜巴巴的小狗一样的眼神乞求着她。

"拜托了，真的一点儿办法都没有了吗？"

她嘟起嘴想了一会儿："嗯，我们所有的洗衣机械人都升过级了，倒是地下室还有几台旧的，已经闲置了好些日子。它们只懂法语。我去看看有没有充好电的，让它去找您。"

"谢谢你，"我长吁了一口气，如释重负，"太感谢了。"

过了一会儿，来了一位维修人员，身后跟着一台蒙尘的洗衣机械人。机械人趿拉着脚，表情有些困惑。

"先生，您好。"维修人员粗声说道。他指了指机械人，它朝我眨了眨眼。然后他请示了一下，留我一人跟机械人待在一起。

"您会讲法语吗？"洗衣机械人用法语问道。

"不会。"我告诉它。我只会用法语点几杯啤酒，这时候根本派不上用场。我和机械人大眼瞪小眼。尽管夜已深，但前台零星还有几个人，所以我打算带这台机械人去别处，不想被人看到我露怯。我在水疗馆附近找到一条走廊，然后在椅子上坐了下来。很好，洗衣机械人终于面朝我蹲了下来，等我放入待洗的衣服。我叹了口气，指着那件连衣裙说："这件衣服，精细织物，温和洗净，明白吗？"

机械人向我眨了眨眼，开始发出滴答声。我身子前倾去看它前面的操作面板，也是法语，但下面标注了简短的英文：

1——常规

2——快洗

3——满

4——天然纤维

5——亚麻

我不确定"满"是什么模式，但大概不是我需要的。我也不知道这件衣服的材质，不过看了看标签，大概是说它是由真丝和另一种我从没听说过的材质混合的。这个"快洗"选项貌似不错，因为艾米说过这事儿很急。我对洗衣机械人竖起两根手指。

"二档？"

"是的。"

然后机械人用法语说了别的东西，我猜是将衣服和钱放入的指令。我照做不误，剩下的就是坐着等待事情被搞定了。

运转了大约二十分钟后，洗衣机械人突然起身离开了。

"呃……怎么回事？喂……你去哪儿？……该死！"我起身去追，想拦住它，但它把我一撞，继续向前冲，我无奈地跟着，跟个傻帽儿似的。好在这时候机械人跑向了前台，那里肯定有服务员在。

机械人跑得出奇的快，直接跑过了前台，直奔电梯。我一边狂追，一边喊服务员帮忙。

"它带着我老婆的衣服跑了！快帮我，叫它停下！"

接待员倒吸了一口凉气，赶忙用法语向机械人喊了一声，它立刻停了下来，转过身看着她。接着服务员和它争论了起来，机械人一开始似乎占上风。结果服务员重重地在它头顶砸了一拳，"咔嗒"一声，储物门打开了。艾米的衣服随着肥皂水流到了地板上。此时，它已经变成了可怕的墨绿色。

"他妈的[1]。"服务员说。

汽车旅馆的那个得州好人没骗我们，晚上洗衣机械人来了。当时，唐正像水母一样摊开四肢躺在破床上，而我正在洗澡，隐约听

---

[1] 此处原文为法语。——译者注

到了微弱的敲门声。

"唐，可以开一下门吗？"没人说话。

"门，唐，门。"

"开门？"

"我让你把门打开，看看谁来了。麻烦你了。"沉默片刻，然后一阵风飘进了浴室，吹动浴帘发出飒飒的声音。

"是谁来了？"

"机械人。"唐不满地回答。

"哦，是洗衣机械人吧？"

"是的。"

"叫他等一下。"

"等？"

"对，我有东西要洗。"

"机械人要走了。"唐告诉我。

"唐！我说了让他等等！"

我急忙关掉水龙头，把毛巾往腰上一系就走出浴室，刚好看到唐把洗衣机械人关在了门外。

"唐，你对他说什么了？"

"走开。"

"我是这样告诉你的吗？"

"不是。"

"为什么？"

"本不需要机械人。本有唐了。"

"小唐，你听我说，没错，我已经有你了，但我也需要干净的衣服。明白了吗？"

唐眉眼低垂，又开始撅起了电工胶带。"是这样，有时我们得用到机械人。他对你做过坏事吗？"

　　"没有。"

　　"你瞧。"

　　我裹着毛巾追着那个机械人跑进了得州温和的良夜，最后把他请了回来。令人欣慰的是，我注意到这个机械人是个新产品。这家汽车旅馆虽然床破，人工智能设备倒是挺靠谱。我往机械人的胸膛里喂了几条短裤、内衣和几件衬衫，然后投了几枚硬币。他就在原地工作了起来，目光望向不远处。

　　唐坐在床上，盯着机械人。他们之间的差异很明显。唐是叠在一起的两只方盒子，有点刮痕和锈迹。洗衣机械人是光滑的流线形构造，崭新的洗衣槽安静又淡定地工作着。

　　一道工序结束时，机械人就会清醒一些。每每此时，他就与唐势均力敌地对视，仿佛身处西部蛮荒地带。

　　洗完衣服后，机械人谢过我的招待，自己收拾收拾就离开了。唐耷拉着眼皮看着我，一脸不悦，但很快就好受多了。

　　"那么，再跟我说说你为什么不喜欢机械人吧？"

　　"不。"

　　"因为嫉妒吗？"

　　过了一会儿唐才回答说："不。"

　　"那是为什么呢？"

　　唐沉默了。

　　"唐，别这么倔。告诉我吧。"

　　"现在睡觉。"

　　我叹了口气，坐在角落里的木质摇椅上闭上了眼："好吧，好吧，就这样吧。"

这一夜，我失眠了。我躺在床上，衣服也没脱，看着霓虹灯在窗帘的缝隙间闪动。光点映在墙上，仿佛极光和电子表表盘的荧光在交相闪烁。

我的内心无法平静，我想艾米了。她在干吗？她住在哪儿？她和谁在一起吗？她开心吗？我曾一度认为她无理又顽固，所以我们俩的关系才走到了今天这个地步。但现在我的脑海里有个声音告诉我自己，我也有责任。假如我不那么丧气，或许她还爱着我。

大约午夜时分，我翻身下床打算去找酒吧。唐的胳膊随意地摆在脑袋上。他睡觉时会发出嘀嗒嘀嗒的声音，那声音很可爱，却害我失眠。这表明他已经睡熟了，所以我留他在这里是安全的。

我开车穿行在温暖绵软的夜色中，在最近的城镇上找了家露天酒吧。这个镇子跟"孤狗镇"的大小规模相当，却繁华了不止一点儿半点儿。

从窗外能看见酒吧角落里正在投影直播一场拳击比赛，客人们正对着选手指手画脚。我推开木门进去，酒吧老板正在擦酒杯，他向我点点头，又转身看比赛去了。我找了个位置坐下。

"喝点儿什么？"他问，目光一秒也不舍得离开屏幕。

我扫了一眼酒柜，选了啤酒。他起开瓶盖，把酒往我面前一放，就又回头看比赛了。我倒乐得自在。

我一个人静静地坐了很久，一边坐着，一边喝着清凉的啤酒。第一瓶很快就见底了，路上那种汗津津、黏糊糊的感觉消失了大半，不然总感觉自己脏兮兮的。我又要了一瓶。痛饮几大口后，我提醒自己悠着点儿，一会儿还得开车回旅馆。我可不想在高速上被警察截停。

何况，我还得照顾那个小机器人。要是我被撞坏了，他该如何是好？

过了一会儿，我感觉有人在看我。我小心翼翼地往两边瞧了瞧，发现一个灰胡子老头在酒吧那头儿盯着我。除了我以外，他是这间酒吧里唯一一个不看比赛的。这一眼倒好，在他眼里成了邀约。他一对上我的眼神，立即起身走了过来，显然早就不是第一回这么干了。他已经有些醉了，时不时撞着酒吧的凳子，活像只保龄球。等他走到我身边时，我注意到他左手有两根食指，且因常年抽烟而变得蜡黄蜡黄的。他的身上穿着一件已经染上了占波威士忌[1]颜色的衬衫。

"我叫桑迪。"他向我伸出手。我握了一下，他的手指节分明，手心黏糊糊的。

"本。"

"你知道这儿管那些把啤酒上的标签撕下来（也就是我刚才做的事）的人叫什么吗？"他冲我的瓶子努努嘴。

我说不知道。

"代表你需要一个女人。"

"我有女人。好吧，是以前有。"

"是嘛。"

"现在我有了个机器人。"

突然一阵沉默。紧接着，桑迪挑了挑他浓密的眉毛。

"我是说，我正在照顾一个机器人……没时间找女人。我正在想办法把那个机器人修好……"

桑迪皱起了眉毛和长长的鼻子，一句话也说不出来。

---

[1] 占波威士忌：英文名是 Jim Beam，是一种始于 1795 年的美式玉米威士忌。——译者注

"嗯，我觉得……这份儿工作不错。"

"哪里比得上做兽医。"我继续说。

他的眼中流露出一线希望："啊，说到这个，做士兵可真有得说，不过也会留下许多创伤。"他坐在凳子上，目不转睛地盯着前面，好像在读墙上的一些小句子。"没错，'一旦见过，永生难忘'。"

"哦……不是的，我是说兽医。"

"你说啥？"

"我说……算了。"

桑迪不依不饶："那你的小——机器人在哪里呢？"他的吐字很有得州特色，我喜欢得州人浓重的口音。

"他在汽车旅馆睡觉。算是在待机吧。"

"他安全吗？"

"安全是什么意思？"

"你不在那里……他没事吗？"

"怎么会有事？"

"你说你在照顾他，却在这里跟我喝酒。所以我想问问他安全吗？"

我很想对他说，我们俩并不算在一起喝酒，但我没说。相反地，我顺着他的问题解释道："他是一个机器人，他能怎样？"

"要是他醒了，发现你不在，会不会害怕？听我给你讲个故事。早先，我在农场工作，那时候我的手还正常，我的宝贝金尼还活着。是的，我以前也有个小机器人，仿人形的，大约高一米五，"他在自己胸前比画着，"我常带他一起去淘金。"

他接着讲，我不由得怀疑他在编故事——他到底是军人、农场主，还是矿工？连他自己都没想好吧。

"……有一天，天气很好，我想在树下睡会儿。等我醒来，我的小家伙不见了。我到处找他，一直找到深夜，也没找到，第二天继续找。我感觉他一定没走远。几天后我顺流而下，在河边发现了他。"

"他还好吗？"

"不好。非常不好。等我赶到时，他面朝下趴着。他死了。"这时他把手放在嘴里，吹出一声口哨，表示机器人失足掉进了小溪里。最后，他拍打了下吧台："我想把他弄干，可你知道，他们一旦进水，不管是吹风机、烤箱，还是米袋，都没法挽回。"

"真是令人伤心。"我告诉他。

"是的，是的，我太难过了。所以我问，你不在，你的机器人没事吗？"

我迟疑了，胸口突然被一阵恐惧紧紧抓着。我对他故事的真实性表示怀疑，但他说的话无意中触动了我，令我感到恐慌。假如唐醒了我却不在，他会怎么想？他会不会一脸莫名其妙地走出房间，到处找我？那他的破缸呢？我发现已经有段时间没检查他的汽缸了。

"我得走了。"我突然从凳子上跳了下来。

"对，该走了。"桑迪说。

我再次握了握他的手："很高兴遇见你，桑迪。"然后一边从钱包里抽出几张钞票放在吧台上，一边唤酒保："我买单，找回来的钱请这位先生喝酒。"桑迪向我脱帽致敬，我冲出酒吧，双腿使劲跟上心跳的速度。

我跳上车，尽量平稳地向回开去，毕竟喝了点儿酒，还是小心为妙。刚开到旅馆停车场，我就发现了不对劲儿。蓝色的灯光照亮整幢楼，一小群人挤在我房门周围——看样子所有工作人员和客人都出来了。我觉得胃在收紧，手心开始冒汗。我手忙脚乱地下车开始跑。

那位金属腿得州大汉也在门口，他两手撑在腰间，看得我不寒而栗。

"就是你。你到底在搞什么鬼，你这畜生！"

"谁能告诉我出什么事了？我能进去吗？唐！你怎么了，小唐？"

我看不见他。人群把房门围得死死的，我使劲挤也没挤进去。

"你真该感到羞耻。"金属腿继续说道。

我终于看到唐了。他坐在自己那张破床上，裹着毯子，一位警官蹲在他脚边，轻轻拍打着他的小金属肩膀。我匆匆走进去，所有人都转过来盯着我。

"这是你的机器人吗？"

"是的。唐，你还好吗？"

"好。"他呆滞地回答。

我蹲下来，紧紧地搂着他。毯子掉到了地板上，他伸手去够。

"毛毯。毛毯。毛毯。毛毯。"

"好了，好了，毛毯在这儿。"我用毛毯围住他的肩膀，他用小爪钩使劲抓住它，生怕它再掉下去，"出什么事了，唐？告诉我好吗？"

没等唐开口，警官接过话茬。

"十二点半左右，我们接到老板的报警，称房间里有尖叫声……"

金属腿插话了："我带着猎枪，一脚踹开门……看到你的小朋友又喊又叫，还以为世界末日了。他在房间里不停打转，嘴里喊着'本！本！本！本！本！'于是我就报警了。"

我总算顺过气来："也就是说，他没出什么事？我看见这毯子，以为他落水了。"

"没错。他只是很害怕。你应该感到羞愧，竟然就这么一走了之，万一他自己走出去呢？"我想告诉他，除非门被踢开，否则他不会离开一间上了锁的房间，但我接受批评。

"害怕。"唐说。

"我明白，我明白，小唐，真的很对不起。"我俯身向前吻了吻他冷冰冰的脑袋，所有人都大惊失色，包括我自己。

"这位……"

"钱伯斯。"

"……钱伯斯先生，"警察一边说，一边抖动着蹲麻的腿从地板上直起身，"我们这儿非常重视机器人。我不清楚你为什么来这里，也不知道你从哪儿来。但只要到这儿，机器人都是工作者，你必须认真对待他们，给他们关怀。"

站在人群后面的一位老人站了出来："否则他们会罢工的，然后你就等着这一年的谷子烂在田里吧！"

"他或许不比那些花哨的机械人，"警察掸掸他的制服，接着说，"但上帝的的确确创造了他。请牢记这一点。"

"是的。"老人应着，一个女人也跟他一起点头，似乎是他的妻子，还有两三个后到现场的围观者也齐声附和。

"不过，我不会就此事逮捕你。我马上就走，但我警告你……"

我无地自容，羞愧难当，几乎跪倒在地。我告诉警察，再也不会这样了。

"该死的，你是不该再犯了。"金属腿帮腔。他俯下身子对唐说："你干脆留在这儿陪我吧，小家伙。"

我打了个寒战，浑身发抖。好在唐回头看看他，随即摇头，明确表示"不"。

"本。"他轻声说，伸出爪钩抓住了我的手。

"得，那就这样吧。"金属腿又转向我，"但首先，我要你离开我的旅店，听明白了吗？我可不想让人觉得我这里总有人'尖叫'，这样没法做生意。"

　　警察走了，旁观者也跟着走了。他们不知道，我打从这一刻开始多么关心唐。也许我没有表现出来，但我惊讶于自己的感觉。等到最后一批围观者离开后，我检查了唐的汽缸。克里的看法过于乐观，尽管里面的液体还多，水面却已经明显低于在加州的时候。

　　清晨，我们挥手告别了旅馆——唐占据了道德高地，我则得到了应有的惩罚。

10

初识莉齐

　　从旅馆到休斯敦的最后这段路我们开了七小时。一路上，我们俩都没怎么说话，但气氛还可以。唐似乎已经原谅我了，尽管我仍然内疚万分。我调到了他最喜欢的电台，他盯着车窗外无尽的仙人掌，跟着音乐的节拍晃动着小脚。

　　午后我们抵达了城郊，太阳非常晒，简直热死人了。我打算去便利店随便吃点儿，然后直奔博物馆。

　　休斯敦太空博物馆是一个砖头和金属结构的老仓库，过去是美国宇航局的场地，工业感十足，现在已经变成了学生了解二十世纪人类宇宙探索前沿的景点。实际上，现在没多少人关心太空旅行了。在我看来，博物馆正门大厅里陈列的微缩火箭和天花板上挂着的太阳系模型使得入口大厅比博物馆更加气势磅礴。大厅每一面的墙上各有几扇门，门前均摆放有引导标识，通往各个展厅；大厅中间还有一架金属楼梯，通向楼上的夹层。我自信地走向服务台，说明来意。

　　"她知道我……们要来。"从加州过来的一路上，我都趁着吃饭的空当跟她互发电邮，简单聊两句。

　　"好的，请稍等，"接待员给卡兹博士打了个电话，"她这就下来。

请先坐会儿，喝点水吧。"

我环顾四周，没找到能坐的地方，只好双手插兜站着干等。趁卡兹博士"马上下来"的空当，我去旁边的直饮水龙头处喝了一捧水，回头却发现唐不见了，四处都不见人影。前台工作人员边锉指甲，边时不时看一眼面前的杂志，心不在焉地告诉我"好像没看见"。

"那么，等下卡兹博士下来，麻烦替我转告她我马上回来。请不要取消我的约见。"

来不及等她回话，我匆匆进了门厅中的一扇门去找唐。刚进去就听到了隔壁房间传来的撞击声。我循声跑去，唐正站在围栏前，伸着胳膊去够面前的机械人模型，我到的时候模型已经散架了。

他一看到我，顿时呆若木鸡。

"唐，你到底在干吗？你是不是把模型弄坏了？"

"没有……"

"唐，你是不是在撒谎？"

"撒谎？"

"撒谎就是说出自己明知道是错误的话，说假话。你真的只是摸了一下模型，然后它自己掉下来了？"唐想了想，小心翼翼地缩回爪子。我注意到他正拿着一个塑料的手指。唐一看到我发现了，立马把手指丢到了地板上。手指滚了一会儿，滚到我的脚边时停下了。

"唐，你撒谎了吗？"

"是的。"他低垂着眼睛。

"嗯，我很高兴你最终对我说了实话。你一开始为什么摸模型？"

还没等他回答，莉齐·卡兹博士从我身后的门里走了过来。

虽然刚来十分钟，我们就打碎了一件展品，但这位机器人历史学家还是分外友好。这会儿，唐正坐在卡兹博士办公室里的破旧绿皮椅上，博士则凝视着他的汽缸。令我欣慰的是，液面比上次检查时没低多少。卡兹博士用纤长的手指合上面板，抚平电工胶布，然后仔细检查着唐的状况。她先后抬起唐的两只胳膊，然后晃动他的脚，直到他咯咯笑起来。博士有一头不羁的金发，被巧妙地编成了马尾辫。她穿着紫色纯棉衬衫和阔腿裤，一点也不像我想象中馆长的样子。老实说，我心目中馆长的样子有点像艾米。

我低头看看自己，驼色格子短裤、勃肯凉鞋[1]和白衬衫，彻头彻尾的游客打扮。虽然已经到了秋天，准确地说是万圣节，天气还是很暖和。得州人大概习惯了炎热的天气，但我还没有。我不由得伸手摸了摸头顶，我的头发是波浪状的，很浓密，像我母亲的发色一样黑，但已经开始像我父亲一样变得灰白了。

卡兹博士完全没注意我的穿着，而是被这个古董吸引住了。我告诉她，虽然我来这里的主要目的是找到会修汽缸的人，但也想找到了解有关唐的事情的人。我告诉她，我是在自家花园里发现他的。不知何故，我没有提到艾米。

"他太棒了。"她说。

"没错，他确实很棒。"

"你是说，他就那样突然出现了？我的天哪，你怎么找到这儿来的？"

"排除法。还有很多运气成分。还有克里。"

她点了点头："我跟他是在聊天室认识的。我们都是人工智能的

爱好者。不得不承认，我真是个书呆子。克里在机械人公司为青少年设计模拟现实的游戏，我的工作则是确保孩子们不会忘记人类是如何发展到今天的……大致是这样。"我从她的声音里听出了一丝嫉妒。她坐在办公桌后面，盯着唐看了好久。

我和唐互相斜视。

"我在想……"她最后说。

唐坐在椅子上心不在焉地晃着脚，也不插嘴。

她高深莫测地笑了，忽然站了起来。

"对不起，我不能告诉你任何关于他的事情。我修不好他。我无法理解他各个部位的构造。他是独一无二的，"她看到我焦急的神情，紧接着补充说，"但我知道有人或许能帮上忙。他叫加藤茄，我上大学时认识的。几年前他回东京了。"

"茄？茄子？"

"名字很奇怪吧？他的日文名字的意思是茄子，但大家都不会念，所以他直接把名字改成了英文。茄子听着太傻，所以叫茄。我好久没见到他了，但他人很好，一定会帮你的。"

"为什么这么说？"又被支使去下一站，太令人沮丧了，我生怕来回折腾浪费时间，唐的汽缸该撑不住了。但至少现在有下一步可走。

"因为大学毕业后，他就成为人工智能界最优秀的人才之一，与一些顶尖人物合作，得到了各种机器人爱好者梦寐以求的工作。假如有什么他不知道的机器人，只能说那个机器人不值得被知道。他参与了一些绝密的机械人项目，有了很大的突破，但并没有持续多久。他丢了工作，肯定是因为……大概是八年前了……我就知道这些。"

我又充满了希望："您有他的联系方式吗？"

"我和他基本上失去联系了。"她说，低头捻着手指，语气中带着遗憾。然后，她灵光一现："哎，不过我有他的电子邮箱，会不会有用？"她在一张黏糊糊的便条上潦草地写了几个字递给我。我一看，是个街道地址。

"这是什么？"

"这是我住的地方。你刚好用得着，这是你今晚吃饭的地方。我现在手头上没有加藤的电子邮箱，得去家里好好找找。"想必我当时愣了几秒钟，所以她含笑看着我。我脸红了，她笑了："是这样的，我本来想请你出去吃饭，但想着你带着机器人，出去吃不太方便，所以干脆邀请你来家里。"

"但你压根儿不认识我，我可能是坏人。"

"但愿如此。"她笑得大大的，坦率而神秘。

唐和我回到了车里，但我呆坐了好几分钟，才想起要开车。

"刚才发生了什么？"我问自己。

"我们见到了博物馆的女士。"

"谢谢你，小唐。不过我的意思是……算了，没事儿。"我发动车子，开出博物馆停车场，心中仍然困惑不解。"一定是口音的缘故。"我自言自语道。我的口音像新闻播音员一样标准，这也是我为数不多的优点之一。艾米向来喜欢我说话的方式。

下一班飞往东京的航班明早才起飞，于是我找了家汽车旅馆过夜。我们去前台领了钥匙，去了自己的房间。我打开电视，把遥控器给了唐，这样我洗澡的时候他就有事做了。我刚从浴室出来，就听到有人敲门。

"唐，看看谁在敲门，好不好？"

上回的洗衣机械人事件后，我向唐解释了好久"应门"的意思，但他好像还是云里雾里的，所以我换了一种表达方式。他从床上起身，朝门走去。

门开后，他发出了久违的刺耳的尖叫声，然后以最快速度躲进了衣柜，努力把自己关在里面。

"到底是什么？唐，怎么了？"我狂奔到半开着的门前。

一个约一米二高的女巫[1]站在那里，还带着扫帚和玩具猫，拎着银色的篮子伸向我，头歪向一侧。

"不招待就捣蛋！"

该死的万圣节。"你吓到我的机器人了，"我说，"快走开！"

"不招待就捣蛋！"女巫重复道。

"我听见了，现在赶紧走。走开，滚开！"我试图强势地做出居高临下的手势。这手势很管用，她转身就跑了。我关上门，却听见了咯咯的笑声和几下重击。我又打开门，看到女巫和她的几个朋友正朝我们的车子扔鸡蛋。"喂，你们这些小怪物，走开，这是我的财产！喂，这就是我们英国人厌恶女巫的原因！"我在他们身后喊。

十五分钟后，我一边用力用海绵和肥皂水擦着道奇，一边狠狠地想，这是真的，女巫真的很讨厌。艾米和我一开始恋爱时就讨论过孩子和万圣节的问题。我们一致认为"不必费心给他们穿上多好看的衣服，也不用带着他们去骚扰邻居要糖果"是不要孩子的绝佳理由。虽然，艾米多少改变了主意——去年万圣节时，她说我拒绝给上门要糖果的孩子开门很刻薄。

"他们只是孩子，本。"

---

[1] 此处指万圣节时装扮成女巫的孩子。——译者注

"你变了。我还以为你讨厌万圣节呢？"

"我是讨厌……我只是……我觉得是因为……"

"好吧，每个人想法不同。"我不明白她为什么会转变想法，也没想过要问原因。

我花了很长时间才把道奇上的鸡蛋弄干净，尽管在污渍变干之前我就开始清理了。等我回到房间时，和莉齐约定的时间已经快到了，但更大的问题是，唐仍然躲在衣柜里不肯出来。虽然他爬到了抽屉和衣架之间，但柜子还是太浅，装不下他方方正正的身子，所以门没法完全关上。从门缝里能看到他银色的身子，可以看出他是多么的害怕和可怜。我想把门打开，但唐马上就从里面伸出爪子把门关上了。

"好啦，唐，没事了。只是一个孩子在捣蛋，不是女巫。出来吧，伙计。"

"不。"

"拜托了，唐。我们得马上走了，否则见莉齐要迟到了。还记得莉齐吗，博物馆女士？"

"嗯。"

"好了好了，唐。女巫走了，他们都走了，走得远远的。他们可能在家把糖全吃光了，现在正闹肚子呢。"

"真的吗，本？"

不是真的。

"真的。千真万确，我发誓。而且我们今晚不待在这里，晚些时候他们也不会来了——他们会躺在自家的床上哼唧肚子疼。"

唐推开门走了出来，神经质地不停东张西望，搞得好像浴室里藏了个僵尸或是杀人犯似的。后来他总算安心了点儿，爬上自己的床，背靠着枕头坐了下来。

"现在看电影吧？"

"不，唐，我们不看电影。我跟你说了，我们要去见莉齐，而且就要迟到了，必须赶紧走。"

"我可以待在这儿看电影吗？"

"不可能。我再也不会丢下你一个人了。更何况，卡兹博士，就是那位博物馆女士，她也邀请了你，对不对？你要是不去可太没礼貌了。"我这么对他说，虽然我暗暗希望把他留在这里。我曾这样想过，但最终抛弃了这个想法。

"走吧，唐，"我又说道，"我们开车去，坐你喜欢的道奇，很好玩的，不是吗？"

唐考虑着我的话，然后翻身爬下了床，发出奇怪的咕噜声："好吧，本。我们走。走吧，本迟到了。"

11

柴油是一种饮料

"嗨，那个，你好啊……不行不行，绝对不能说'你好啊'，我在想什么呢？怎么样啊，你？嘿，你过得怎么样？嗨。没错，就说'嗨'，就这么说。"

我们正站在莉齐·卡兹博士家所在的大楼外，楼前是一条大街，街上一派车水马龙的景象。得州生机勃勃的夜生活就在我们眼前。

"本为什么要对着门说话？"

"因为我在想一会儿要对她说什么。"他还没来得及多问，我就伸出了手指，刚触到门铃，眼前的小屏幕上出现了一张脸，同时传出一个清晰的声音："我想知道你们俩还要在外面站多久？为什么不进来呢？我在二楼。"

莉齐在电梯口等着我们。跟白天一样，她穿着棉衬衣和宽松的长裤，不过这回是浅绿色和蓝色。她把头发放了下来，原来她的头发是大波浪，晃晃脑袋，头发也会随之晃动。艾米的头发则不是这样的。莉齐穿衣有种复古风，看着挺有女人味儿的。艾米原先也这样，不过后来她的事业蒸蒸日上，那一面就慢慢褪去了。

还跟艾米在一起的时候，我并没有注意到她在衣着方面的转变。

而此刻面对莉齐，两相对比，艾米的改变显得尤为明显。

但愿我这会儿比早上体面些，好歹我从背包里翻出了一条更精神的裤子，还拿自己带的便携熨斗把衬衣烫了烫。头发还是乱糟糟的，还有些斑白，不过我实在没办法了。

"嗨！"我说，但没控制好音量，听着更像大喊。唐吓了一跳。莉齐则挑了挑她那黑色的、轮廓分明的眉毛。

"嗨，你自己！"她大喊着回应道，然后大笑起来。我上前准备去吻她一侧的脸颊，她却把另一侧转向了我。

她弯下腰，向唐伸出一只手，她的手很小，很白。唐看向我，征求意见。我点点头，于是他也朝她伸出一只爪钩，没想到她接下来竟俯身亲了亲唐。唐抬起爪钩去摸被亲的地方。我猜，要是唐会脸红，此刻他的小脸一定通红通红的。莉齐转过身来，把我们领进她家，她一直握着唐的手，另一只手在身后对我做了个关门的手势。

卡兹博士的公寓很小巧，温馨又友好，客厅铺的是棕色地毯，厨房铺着塑料地板。这是一个位于转角处的有双面窗户的公寓。来自外面酒吧和餐馆的霓虹灯光照亮了她家的墙壁和地板。窗台上摆着一只有三角眼睛的小南瓜，方方的嘴巴带着笑。光从外面倾泻而入，在地毯上投下长长的光影。

"想喝点儿什么吗？"她向我伸手问道。我才想起自己正抱着一瓶半路上买的酒，我还愣着没把酒递给她，她轻轻地从我怀里接了过去，问："给我的吗？"

"哦哦，是的，"我说，"对，给你的。"

"谢谢你。"她说，我注意到了她脸上微妙的表情，她可能认为我是个难相处的人。

"太抱歉了，"我说，"我一般不……我一般情况下都很友好。我现在很紧张。"

"想想也是。快坐下吧，我去倒酒。"

客厅摆着一张沙发和一把扶手椅，上面都盖着阿兹特克风格的绳绒织毯，还有一张咖啡桌，桌上有几本杂志，有《今日博物馆》《馆长》之类的。她也有一本《机器人了没》。我坐到了沙发上，打算让唐挨着我坐，但他径直爬上了扶手椅，斜倚着，把爪钩搭在了扶手上。

"软——"他说。

博士表示赞同："我最喜欢这把椅子啦，看电视的时候都坐在那儿。"

我有点儿尴尬，赶紧让唐下来。

"不用不用，不要紧的。我坐在这儿就行。"她递给我一杯酒，把酒瓶放在咖啡桌上，然后在我旁边坐下，"叫我莉齐吧。"

她蜷起双腿，手肘搁在沙发上，小口小口抿着酒。我只好也坐下来，往后靠靠，这样既可以看着莉齐，也能盯着唐，免得他一会儿无聊了搞破坏。果然，屁股还没坐热呢，他就发现了书架边摆着的一盆吊兰垂下的一丛枝叶，开始像猫咪玩毛线球一样，拍打着垂下来的枝条。

我坐不住了，卡兹博士倒是淡定得很。

"我一直和学校团队打交道，所以习惯了。机器人跟来参观的熊孩子没啥区别。"

沉默了一会儿，莉齐去了厨房。

"烤肉已经放进烤箱了，我现在去削土豆皮。"她解释道。

我要帮忙，她不让。

她削土豆的身影又让我想起了艾米，以及我头一次提出和唐出门旅行的想法时她的态度。她切菜时总是那么精准，那么坚决，甚至带点凶狠。而莉齐切菜则像是在轻盈地起舞，柔和流畅得多。

还是一片寂静，我搜肠刮肚地找话题，但大脑又宕机了，只能在沙发上干坐着。唐一直在椅子上百无聊赖地晃腿，东张西望，想找点儿乐子。不出我所料，他很快就跳了下来，抓起了莉齐的南瓜。

"本，是什么？"

"这是南瓜，唐。"这并没有使他更清楚。

"南瓜是什么？"

"南瓜是一种蔬菜，唐。可以吃的。"唐高深莫测地盯着我，一脸狐疑。

"我们吃它里面的部分，唐。"莉齐从厨房里探出头来，"外面的图案是做万圣节装饰用的。"

一听到万圣节，唐立马瞪大了眼睛，把南瓜一扔，尖叫着："女巫！女巫！"唐夺门而出，直直地撞到了墙上。

"什么情况？"莉齐蒙了，赶紧跑出厨房帮我把唐扶了起来，把他安顿回座位。我向她解释了在汽车旅馆里遇到的那些身穿万圣节服装的孩子们的事。

"害怕。"唐告诉她。

"好啦，别怕，"她说，轻轻地抱了他一下，"这里没有女巫。瞧，连吓人的南瓜也不见了。"她指着地板上的一摊橘色液体和南瓜残渣说。

"真是太抱歉了。"我又道歉了。

"真没什么大不了的，别在意。"莉齐清理南瓜残渣时又是一阵尴尬的沉默。我想要帮忙，她又一次不让。为了打破沉默，我没话找话："加藤茄，你有他的联系方式吗？"

她似乎有点儿疑惑，不明白我怎么挑这会儿提这事，接着把问题岔开了。

"那个啊，等会儿再给你找，"她对我说，随后补充道，"保证给你。"

莉齐把南瓜倒进水槽下面的垃圾桶，接着削完了土豆，熟练地倒进平底锅，厨房里传出轻微的噼啪声。

她用毛巾擦擦手，回来坐在我旁边。接着又是一片寂静。莉齐突然问："你和妻子分开多久了？"

这走向令我措手不及，我顿时哑口无言。

"你的妻子……我猜刚分开没多久，对不对？"她又一次问道，语气比上次更温柔些。

我还没来得及回答，她就把手伸到了我的腿上，然后轻轻地握住了我的左手。除了艾米，我第一次摸到别的女人，整条手臂都在发颤。我完全不知所措了。她身上很香——清新的香水味，还有烤肉和炒洋葱的味道。

我饿了。

"你的手指上有一个凹痕，说明过去你一直戴着戒指，现在凹痕还看得出来，说明你最近一定戴着它。你若是个鳏夫，或许不会把戒指摘下来。"她停顿了一下，"那么，告诉我吧，分开多久了？"

"呃……几个星期……左右。你眼睛很尖。"

"嗯，你也知道，作为单身女孩，我得很小心，一定要问清楚。"

她比我想象的要聪明得多。此刻，我坐在房间里喝着酒，除了一个机器人，还有一个迷人而自信的女人，跟我前妻没什么两样。这场面令我如坐针毡，真想立马逃走，但那样做太失礼了。她又问："你有孩子吗？"

"没。"我不想多说，但她一直注视着我，我只得再讲几句，"我前妻……我一直以为她不想要孩子，可是就在她离……在我们分开前，我才知道她是想要的。"

"啊，"她回答道，"我觉得你不像个当爸爸的。"

这话挺伤人的，但我没觉得是对我的冒犯。"对，我知道。我也一直觉得自己当不好父亲。但我也一直没机会证明或推翻这个判断。"

"不不，本，你误解我了。我不是说你不是个好父亲，恰恰相反。我之所以说你不像是有孩子的人，是因为你特别好……要是你有孩子，现在一定跟孩子们在一起，而不会在这里陪我。"

"噢。"我又沉默了，无言以对。莉齐笑了笑，又捡起个话题："在博物馆上班很难有机会约会。我是说，我没机会到处玩，把我家地址给陌生男人。"她的语气变得悲伤，带着些许脆弱。

"我就当是夸我了。"

她笑了，露出小小的、洁白的牙齿。"就是夸你呀。"

我被夸得不好意思了，赶紧转移话题："那，你怎么会去太空博物馆工作呢？"正说着，我发现唐到走廊去了。我正要起身把他喊回来，莉齐拉住了我的手，示意我随他去。过了一会儿，她收回手，嗔怒道："在太空博物馆工作有问题吗？"

"没什么，"我紧张得咳嗽起来，"我没别的意思……只是听克里说你是机器人历史学家。"

"他这么说的？"她笑了笑，脸红了，亮绿色的眼睛更加明亮，"他过奖了。我只不过是喜欢在网上聊这些罢了。"

我问她为什么不从事机器人行业。

"那只是我的爱好，本。上大学那会儿，加藤是那种天才学生，我跟不上他的步伐。就算我对机器人挺了解的，可惜无用武之地，这里没有机器人博物馆。要是想找个对口的工作，就得搬家，可我的家人都住在这一带。我也不想离他们太远。"她突然站起来，走到了窗前。夕阳西下，照得屋里火红一片，仿佛那些书都着火了。

"我明白，"我说，想到了我的姐姐布莱妮，她也只是搬到了邻村，离我们出生和长大的家并不远，"不过你这儿怎么没有机械人？"

她转过身，耸耸肩——瘦削的双肩几乎能碰到耳朵："很简单呀，就靠我那点儿薪水，压根儿买不起，即使二手的也很贵。况且，我的房间也不够大。"她指了指身边满坑满谷的书和杂志，它们全都堆在地板上，等待莉齐给它们找个更大的家，"买来后放哪儿呢？等哪天我嫁给了富翁或者中彩票了再买吧，到时候一定要买一大帮机械人，还有机器人，只要我负担得起。你都不知道自己多幸运呢，本，现在去哪儿找这样的机器人……可以说从来没有这样的。"

她顿了顿，沮丧极了："对不起，我修不好他，对他一无所知。我只知道从第一批大规模生产的机器人到现如今的机械人在设计上的沿革，也能大概猜到将来的景象。但我真的不知道像唐这样美丽而又古怪的机器人属于哪一类。加藤或许能帮你。他是……"正说着，唐进来了。莉齐停了下来，朝唐望了一眼，他的脸上貌似抹了点儿口红。"不管怎么说，对不起，小机器人，我们不该在你不在的时候谈论你，"她蹲下来握住唐的爪钩，从口袋里掏出一张纸巾给他擦了擦脸，"你和本一起开心吗？"

唐交换着双脚来回踏步，他很少受到这样的重视："开心。"

"到目前为止，你最喜欢什么？"

"道奇。"莉齐扬起眉毛，不解地望着我。

"他最喜欢我们租的车，是辆道奇冲锋者。"于是我给莉齐讲了我们旅行的始末——如何租车，以及凯尔和放射物小镇，还有机械人妓院。她坐在我旁边，时不时发出阵阵大笑。

"机械人妓院？！"

"是啊！老实说，我在加州旅馆时完全摸不着头脑。"

"就是啊！我也从来没听过这种事儿。他们真以为你在那里……"

"没错。"

"你一定得把这件事告诉加藤，他肯定会很震惊。他对任何事情都报以发自内心的理解和尊重，对人工智能也不例外。"

莉齐有些伤心，然后又摆脱了这种情绪，咧开可爱的小嘴巴对我笑了笑。

"恕我直言，本，你真的不是那种对人工智能感兴趣的人。"

"千真万确，我真的毫无兴趣。我从来不想买机械人。但我妻子……前妻很想要。"

和莉齐谈唐的事令人愉快，她对他的行为感到好笑，而不是生气。这跟上个月艾米对待唐和我的态度有着天壤之别。也许艾米离开是好的。

莉齐懒散的态度并没有妨碍她取笑我。

"我打赌你用的是一部旧手机，没错吧？"她抱起手臂，确凿地断言道。

这点我可不承认，掏出手机给她看："它有个摄像头，还有手电筒功能，其他功能也都有的。"

她笑得前仰后合，只得抓住沙发稳住自己的身体。我悄悄把手机收了起来，免得尴尬。

"你说得对，我对机器人和机器一类的东西都没什么兴趣。比起来，我更喜欢生物。我上过兽医学校。"

她终于回过神来："是吗？"

"嗯，不过我表现不佳。事后看来，我的父母真的很耐心，一直支持我。后来他们俩在一场事故中丧生了……我一直很消沉。大概有点迷失吧。"

"我很难过。以后你会回去接着上课吗？"

"或许吧。等回家后，我应该振作起来，找份工作。"我深吸一口气，"要是你从小到大一事无成，最终就会放弃了。"

她顿了一下说："我不认为你一事无成。"

"你不觉得吗？"

"一点儿也不。失去父母是件大事，本。你得放松些。更何况，看看你和唐相处得多好，你做得很不错了。"

我不记得上回被人表扬是什么时候了，心底涌起一股暖流。

"谢谢你。"我说。

在那之后，莉齐转移了话题，对此我很感激。我们聊得很愉快，时间很快就过去了，一眨眼已经一个多小时了，我们还没吃饭。莉齐从小厨房里喊："我们吃饭的时候，唐想干什么呢？"

"干什么？"

"是呀，他吃东西吗？不吃的话，他光看我们吃会不会无聊？"

"呃……我不知道。"我同样喊话回答。之前我从没想过这事儿。我吃饭的时候唐总是着迷地盯着我，反正不管我干什么他都这样。有时候他也会看看窗外或电视什么的。我从没问过他想干什么。

"唐，你吃饭吗？"莉齐直接问他。

"不吃。"唐告诉她。

"那你想喝点儿什么吗？你靠什么跑？"

"跑？"唐看着我，但我也回答不上，同样好奇地等着莉齐的解释。

"也就是说，你运行的动力来源是什么？"她试图重新组织措辞，但无济于事。凭我的经验，她问不出想要的答案。

"不知道。"唐说。过了一会儿，他加了一句，"柴油。"

"什么？"莉齐和我异口同声地嚷道。

"有时柴油。是特殊的。一年一次，或两次。不要太多。坏……好。"他耷拉着脑袋，悄悄地看看我们，好像很尴尬，就像我们得知了一个重大机密似的。不过，是蛮重大的。

我在唐身边的地毯上坐下，扶着他方方正正的肩膀说："唐，你为什么不告诉我？我可以给你弄点儿柴油的。"但唐挥了挥爪钩，不理睬我。

"不，不能经常……"

"那么你今年喝过吗？"莉齐问。

"没有。"

"那现在想喝点儿吗？"然后她对我说，"我可以从车上取一些，车就停在楼下的车库，很方便。"

"大概吧……"唐转过头看着我，征求同意。

"如果你想喝点儿就喝吧，小唐。别担心，我们不会让你喝太多的。"

莉齐给唐倒了满满一杯柴油，起初他还挺矜持的，小口啜饮，结果越喝越大口，根本停不下来。没一会儿，他开始咯咯傻笑，而我们已经把莉齐炖得烂熟的美味炖肉消灭精光。唐滑下椅子，直直地盯着天花板，爪钩还停留在椅子上。

"你没事儿吧，唐？"我问他。

"没事儿。"

"你确定吗？"

"确定。"他说。

"你喝够了柴油要告诉我，听见没？"

唐没有回答，害我好担心。但是，很快我就听见了他在睡觉时才会发出的嘀嗒声。

"你说，他为什么需要睡眠呢？"我问莉齐。

她耸耸肩，说："换作你一刻不停地学习，你难道不想睡会儿吗？他就像个孩子，需要用睡眠时间去梳理接收到的信息。又或者，他的电路得冷却一下。"

唐的手臂抽动了一下子，好像是在回应我们俩的对话。

随后，他的爪钩滑下椅子，"咔嗒"一声落在了地上。

"我觉得咱们把我的小机器人灌醉了。"

"我们在这儿呢，不要紧。"是啊。我是开车来的，我自己都喝得忘了这茬儿了。我们俩等下只好打车回旅馆了。明早再来莉齐家把车开回去。

"问你啊……"莉齐突然在我身边坐下，这般问道，打断了我的思绪。我又开始发麻，胃有种痉挛的感觉。"既然你对人工智能不感兴趣，那为什么要跟一个机器人出来旅行呢？他有什么特别之处吗？"她看着昏睡中的唐。

我想了好一会儿才回答。

"当他刚来我家花园时，我挺同情他的，禁不住好奇他是怎么来的。后来，了解他越多越觉得……他不止是个老式机器人那么简单，毕竟他一点儿也不像机器人。我肯定他会学习，而不仅仅只是听话、执行命令，何况，他其实并不怎么听话。他很固执，总爱挑战我的想法。但是他……他很关心人。就像你说的，他很特别。"

我停下来喘口气，还有更多话要夸唐。猝不及防地，莉齐吻了我。

第二天早上，我在莉齐的床上醒来，身边只有一张便条，上面写着：

> 本，还有唐，很高兴能遇见你们。谢谢你们伴我度过了美好的一晚，请原谅我不辞而别。下回来休斯敦，请一定要来我家喝杯咖啡。早餐已备好，请慢用。你们认识回去的路吧？祝你们旅途愉快，顺利找到要找的东西。莉齐。
>
> 附：替我向加藤问好，可以顺便告诉我他的近况吗？

这张纸条边上还有一张纸，上面写着加藤茄的电子邮箱。我松了一口气。莉齐帮我们俩都避免了"次日早晨"的尴尬，而是聪明地溜走上班，没把我叫醒。

我在床上躺了一会儿，思绪万千。我能记得昨晚发生的事，反正我表现得不赖。但我有点儿羞愧，艾米要是知道了这事，不知道会怎么想。我不由得摆弄起原本戴着婚戒的手指。莉齐说得对，戒指的凹痕还在那儿。

我突然变得异常忧郁，于是赶紧起床。从几乎不相识的女孩的床上起来，我有些恍惚，于是用手拢了拢头发，好让自己快点儿清醒，然后下床四处找裤子。我突然想起唐昨晚是靠在扶手椅上睡着的，不免一阵恐慌。当我走进客厅时，他还在原地睡着，不过身上多了条毛毯。

"多好的姑娘，"我自言自语道，"艾米绝对做不到这样。"艾米居然也不完美——这种想法还是第一次出现，我有点儿不适。

唐不想起床，我想把他叫醒，却被他不满地推开了。我决定先不管他，先把昨晚的桌子和碗筷收拾了。

12

安检

　　我把唐叫醒后，也给莉齐留了张字条，大概意思是"谢谢，我也很开心"，然后回旅馆收拾行李退了房。还在宿醉的唐则待在车里，一边用脑袋抵着车门，一边叹着气。然后，我们开着干干净净、一"蛋"不染的道奇回到了休斯敦机场的租车点；或者说，是我把车开了回去，等半路上唐意识到发生了什么时，坏脾气的他立刻暴躁起来。

　　"咱们说好的，接下来要去东京见莉齐博士的朋友。我本人也宁愿开车去日本，不想坐飞机，但是办不到。我们也没法把车带到东京去。"

　　"为什么？"

　　"什么为什么？我刚才说了，因为我们要坐飞机去东京。"

　　"为什么？"

　　"你究竟是问为什么要坐飞机，还是问为什么不能带车子上飞机？"

　　唐被问住了。他也不明白自己想问什么，因为他还不是很明白"为什么"的意思，远没法理清其中的逻辑。至少现在他还常常陷入此等困境，虽然我知道他迟早会在逻辑上打败我。

剩下的那段路，他只静静地坐着，扶着车门怒视前方。到了机场，唐不想下车。很明显，他舍不得道奇。令人惊讶的是，他那对爪钩竟有如此之大力，死死抓着车门不放。同样令人惊讶的是，当这个雪人形状的机器人用金属电音声嘶力竭地大喊大叫时竟引来那么多的围观者。也许这两件事都不该用"惊讶"来形容，"令人震惊"才对，令人震惊，并且尴尬万分。

这一次我压根儿不打算把唐放在货舱。排队办登机时，我想了想一会儿该买什么座位。卡里的钱不知道还够不够买两张头等座，毕竟接下来还有漫长的未知旅途，得确保有足够的盘缠。要想通过越洋电话跟银行谈判，说服他们把我定存账户里的钱转到另一个即时存取的账户简直是异想天开。唐现在开始变得和艾米一样，出门旅游特别费钱，你得不停地升级各种项目。有一回是办酒店入住时，艾米要求升级成套房，还有一回在马尔代夫，她非要把乘船游览换成坐直升机，弄得我很不高兴。不过再怎么说，唐还是比艾米省钱得多，头等舱就头等舱吧。

"先生，请问需要几张票？"

唐慢慢靠近我，小金属脚踩在了我露在勃肯凉鞋外面的脚趾头上。

"两张。"

工作人员热情洋溢地笑着说："好的。请问您要哪种座位？我们有经济舱、商务经济舱、头等经济舱、优质经济舱、优质商务舱、优质头等舱与商务头等舱。哦，还有头等舱。"

我询问其中的区别。

"先生，它们各不相同。您可以阅读这边的宣传册来了解，决定好后再来排队购票……"

我谢绝了，请他直接推荐个适合机器人的座位。

他从柜台后面盯着唐看了看："您最好把机器人放在货舱，先生。"

唐抓住了我的裤腿。

"我不想把他关起来。请为我们推荐个适合他的座位吧。"

工作人员推了推眼镜，叹了口气："三种顶级的座位都能塞下它。"

我狠狠地瞪着他："其他的呢？"

"先生，我们的各类座位一般都能坐下常见的机械人，对于这一点，我们公司深感自豪。但我们的设计没有考虑机器人，特别是它这种。所以只有前三类座位够大。"

"他，"我纠正道，"是他，不是它。"

"都一样，先生。他只坐得下那三种。"

"那就要两张最便宜的吧。"

"好的，先生。请问他装芯片了吗？"

"芯片？"

"是的，先生。"

我不解地看着工作人员。

"这是新政策，所有在美国离境的机器人必须装有微型芯片，有点儿像人们身上的生物特征护照。或者他的信息得登到您的护照上。他有吗？"

"我糊涂了。我们从英国飞到旧金山的时候根本没这回事儿，那里的人只当他是另一位乘客呀。"我细细回忆。在希思罗机场，我被人群唾弃，因为我想让唐上货舱，不想带他进客舱。而这里的人则像对待垃圾一样对待唐。我们连该死的票都还没买到手，就屡遭刁难。

"我刚说了，先生，这是新政策。你现在到希思罗机场也是一样的。"

"那他要是没有芯片，我的护照上也没有登记他的信息呢？"

"那你们就不能上飞机了，先生。或者只能让他去货舱。"

"哦，真是帮了大忙了呢。多谢。"

"不客气，先生。您愿意请他坐货舱吗？"

"不，我不想把他关起来。他要和我一起登机。"

"他有芯片吗？"

"那我真的无能为力了……"突然，我感到有人拽我的裤兜，低头一看，发现唐笑着看着我。"怎么了，唐？"他伸出另一只爪钩，努力伸到自己的背上，然后拍了拍自己的肩膀。

"你是说，你有芯片吗？"我问他。

他点点头。

"你怎么不早说？"

"本不需要知道。"

我叹了口气。

"好吧，"我回头看看工作人员，"行了，他有芯片。"

"好的。"他从桌子后面伸出一个无线手持设备。唐虽然不太情愿，但还是转过身让他扫描了下。我能理解唐的不悦，他不喜欢被当作宠物。

工作人员扫描了两回，皱了皱眉头。"有问题吗？"我问。工作人员看看我，又打量了一下唐，然后又回头看看我，最后回到了操作电脑前。他擦擦汗湿的额头，挠了挠鼻梁，随后叹了口气，又摇了摇头，把机票和登机牌递给了我们。

"刚才怎么回事儿？"我带着唐离开柜台，还是没明白刚才那是什么情况。唐耸了耸肩。到了安检口，我跪下来，平视着唐。

"我很抱歉让他那样对你。"

"没关系。本没有。"

"我知道，但是……"

唐用小爪钩抓住我的手："本。"

"怎么了？"

"谢谢你。"

"为什么谢我？"

他握起我的另一只手："座位。"

我们默默地走向安检队伍，我惴惴不安，不知道待会儿会不会触犯到什么奇奇怪怪的美国国土安全"新政策"。

到了安检口，我的心一下沉了。这里排着好几条队，相互隔开。离我最近的指示牌上写着"人类"，指向一台金属探测器。旁边则有一列人形机械人等着通过另一种探测器，那块牌子上写着"机械人"。而在一个不起眼的角落里有台落灰的探测器，旁边坐着个同样"落灰"的安检员，指示牌上写着"机器人"，那边没人排队。

唐和我同时发现了这个情况。我很担心他会做何反应，不由摸了摸他冰冰的大脑袋。但他兀自往最边上的那台探测器走了过去，头也不回。当他经过那队机械人时，队伍中传来合成音质的冷嘲热讽。他们不停地奚落唐。他们在嘲笑他。我失控了。

"喂，你们给我闭嘴，你们这帮自鸣得意的克隆人，除了钛合金外骨骼，你们有一丁点儿思想吗？排你们的队去，别惹我朋友——他有感情，你们懂吗？"

唐继续走着。

"别急，小唐，"我冲他喊，"我一会儿就到那边了，等着我啊……很快就来！"

漫长的等待。人类的队伍简直没有尽头，而唐是唯一受安检的机器人。我只能眼睁睁地看着他按部就班地穿过探测器。年老的安检员用探测仪戳了戳他，然后打开他的面板往里面看了看，紧接着问了唐一些话。唐回答时指着我。我所能做的只有尽力压抑住奔向小唐的冲动，老实待在自己的队伍里。

等终于过了安检，我立马在光滑的地板上狂奔起来，一心想快点找到唐。他坐在位于我们两边的探测器中间的长凳上，低垂着眼睛。但每当有人走近，他就抬头看看是不是我。终于，我看到他脸上露出了笑容。他跳了起来，紧紧地抱住了我的腿。

"太对不起了，害你等这么久。"

"不怪本。"

"他们对你说什么了吗，那个安检员？"

"说了。"

"说什么了？"

"为什么唐来机场，唐跟谁一起。"突然有个念头在我脑中一闪而过：既然唐有芯片，那上面没准儿有地址信息。

"她提芯片的事情没？"

"提了。"

"怎么说？"

"她说碎了，要修。"

"要修理吗？并不奇怪。但她还是放行了？"

"是的。"

她一定是很同情唐，相信他不会是炸弹或毒品。然后我想起了为我们办登机的工作人员，才想到可能他在扫描唐时也发现了同样的问题，但也没去深究。唐好像总有办法哄住别人，就像只惹人疼的小狗。

"那人真好。"我说。

"是的。"他抓着我的手。

"现在飞吗？"

"是的，唐，我们很快就要离开这里了。我们要飞了。"

13

本·钱伯斯的旧事

有了休斯敦的乔治·布什洲际机场的不愉快经历作对比，去东京的这趟航班堪称此次旅行最愉悦的部分。哪怕把旧金山巴士站的可怕经历也算在内，乔治·布什洲际机场都堪称整趟旅途当之无愧的低谷。特别是对唐来说，在机场的遭遇太伤自尊——我从什么时候起，总是以唐的快乐为快乐了？

一踏入商务优级舱，还是叫优质商务舱来着，管他呢，总之唐熟门熟路地让我像以前一样，帮他在座椅靠背的屏幕上滚动选项。这回他花了整整十三个小时玩了一款单机决斗游戏。他喜欢操作一个身量纤细的中国女人的角色，她会高抬腿，能依靠发达的大腿肌爆踹其他角色的脑袋。

我也同样走了老路子，灌了几杯金汤力就沉沉睡去。

一个人坐飞机时做的梦往往不同于平日。在杜松子酒造成的混沌中，我看见一只机器狗穿着胸罩和超短裙，一条腿被子弹打残了。突然，这只狗变成了身穿大衣和超短裙的流浪汉，又变成了艾米……可惜没穿超短裙。唐戳了我好几回，让我别打呼噜，但我还是陷入了深深的迷梦中。

当乘务员宣布准备着陆时，所有娱乐设施都被收了起来。这下唐不肯了，愤怒地拿拳头猛砸扶手，高声尖叫。我多么希望他有个关机键，我这么想已经不是一次两次了。

飞行员在广播里告诉全体乘客"东京周边有点儿小雨"，但从椭圆舷窗看出去，雨点儿更像汩汩溪流，并不像一般的小雨。唐的眼睛因忧虑睁得大大的，眼睑斜垂着。

"别担心，唐，一会儿我给你弄把伞。"

一进到大厅，我就看到一台自动售货机，里面装满了六十年代风格的透明塑料伞。唐对这伞爱不释手，马上把它打开、举高、旋转，活像个金属体操运动员。他想不通为什么我不让他现在开着伞。

"伞是走在外面的时候用的，唐。"

"唐……伞……现在。"

"不可以，唐。再说了，你举着伞，会打到人家的脖子，或戳到别人的脸，很危险的。"

唐皱了皱眉头，不理我。

"唐，马上把伞合上，不然我就把它拿走了。你自己想清楚。"

唐权衡了一两秒钟，然后把伞合上，夹在了胳膊下，双手开始摆弄电工胶带。

"看，唐，这边走，可以坐子弹头列车。"我开始朝标志指示的方向走去。

"没错了，唐。这是新干线，很快就能把我们送到东京市中心。最棒的是，我们可以从这儿直接上车，都不需要出机场。"

"哦。"唐垂头丧气，双臂失望地耷拉在身体两侧。伞被他扔在了地上，落在了我脚边。我把伞捡了起来。

"我们下车时，你就能用它了。我保证。"

一上新干线，唐立即把雨伞的事情忘得一干二净。外面还在下着雨，列车在东京周边美丽的乡村风光里飞驰而过。我们都只顾得上贪婪地欣赏美景，我给唐指着那些海边的小屋，远处山丘上金色、橘色和棕色的秋日小森林，以及平坦的稻田，直到眼前出现高楼林立的大都会。我已经给加藤茄发了邮件，但至今杳无音信，我不免对目的地有些忐忑。我也只能先找家靠谱的酒店住下，慢慢等消息。

这回我学聪明了，快到终点站的时候，我用手机找了家旅馆，顺便把线路也查清楚了。唐也没闲着，他全程站在座位上，脸和爪钩一起贴在窗户上，看着窗外飞速掠过的模糊的景色，兴奋地大喊着"喂——"。

我又错了。一下新干线，我立马发现我们还是不需要出站，便能直接走进著名的迷宫——东京地铁——进行换乘。唐还是没法用上伞。我只好再次保证，下了地铁一定让他用伞。他看起来有点儿生气和不耐烦，更加用力地扯着胶带。等到了旅馆，得把他的胶带换换了，我心想。

一上地铁，唐又把伞的事儿抛到了脑后。这回跟速度或景色无关，完全是因为这个国家独特的怪癖：唱歌的地铁。每到一站，广播里就会传来叮叮咚咚的铃声曲调，而每个站的铃声各不相同。唐喜欢极了，又开心地在座位上踢腿尖叫。我不停对他"嘘"，他一如既往地无视我。好在出乎意料的是，其他乘客似乎并不觉得被打扰了，反而觉得唐有趣，而且很开心这个小机器人这么喜欢他们这儿的地铁。十分钟不到，唐就被一群穿校服的女学生和商人模样的乘客团团围住，他们都想跟唐合影。我也比着日本人习惯的剪刀手，跟他们合照了十几张。唐也想学这个手势，可惜自己没手指。

我觉得他并不真的理解发生了什么，因为他似乎不理解摄影的概念，但他肯定享受被欣赏、被关注的感觉。来这个国家之前，我和他都受到了无尽的嘲笑和鄙夷，但在这里却大受欢迎。这真是太好了。我开始爱上这里了。

去旅馆的路上，阴冷的雨点儿打在身上，稍稍缓和了我对这个国家汹涌的爱意。唐毫不在意——他的伞总算能用上了。唐呆呆地盯着雨点儿扑通扑通地打在塑料伞面上。路上我们还遇到了一位兴高采烈的小老头，非要用他的小车子载我们一程，被我婉言谢绝了。一方面，那辆葡萄干大小的车不可能装得下唐；另一方面，我承认自己的顽固在作祟，因为我觉得只身一人带着唐来到东京，经历了这么多艰难险阻，眼看着就要到旅馆了，不如干脆继续靠自己走完这最后一小段路。

"日出"是一家商务酒店，前台的员工忽见一位湿漉漉的背包客和一个齐腰高的机器人挥舞着雨伞进店，不免吓得后退了一步，不过瞬间就恢复了常态，举止堪称专业。不到十五分钟，我便踏进了一间干净漂亮的客房，享受了此生最漫长的沐浴。

晚上，我从这间位于五十三层转角处的客房俯瞰脚下的城市，一排排的汽车沿着宽阔、繁忙的公路，川流不息地经过一栋栋写字楼、开阔的公园、零星分布的寺庙和高耸入云的豪华酒店。

我摇着鱼缸杯里的古典鸡尾酒，听着杯中精致的冰块的撞击声。

唐则站在两扇窗户前，一边一只爪钩，脸一会儿贴着这扇窗，一会儿贴上另一扇，仿佛正在看网球比赛，只不过每回他的头都会撞在玻璃上。

我猜唐也和我一样，从没来过东京这样的大城市。我一面想出去开开眼界，一面犯怵。我是个来自小镇的无名小卒，唐也只是个老式机器人，我们俩都非常不适应这座令人惊叹的城市。

"哇。"我低声对自己说。

"是的。"唐回答说。

我们又沉默了一个小时，让灵魂代替身体去旅行。我也只有跟艾米度蜜月那会儿住过这样的酒店。当我还小的时候，从没住过酒店。我爸妈通常会去乘船巡游或去滑雪，或是去那些有儿童俱乐部的地方，如此一来，他们白天就可以把我留在营地，自己出去玩儿。也正是因此，我才向艾米提议去纽约蜜月旅行。我们入住了我们俩所能负担得起的最好的酒店。

"真好，对吧？"她说。

"酒店吗？是的，特别好。"

"不，我是说，能住在这里而不必担心花费，真好。"

"是，肯定的。"

说实话，我从小到大都没体会过缺钱的滋味，所以并不真正理解她的心情。对艾米来说，这不是一笔小钱。她的童年倒不是有多贫苦，只是她总觉得是自己的出生导致了全家拮据的生活。她是家里四个孩子中最小的，从小听着"一张多余的嘴巴"这样的话长大的。后来，她坚决要上大学，还要当律师，这抱负令她全家感到惶恐，她的成功令他们害怕。艾米说，当她在城市落脚并找到工作后，家人就觉得高攀不上她了，除了敷衍了事的圣诞祝福和生日短信外，与她断了日常来往。我一直很佩服她能经济独立，自给自足。这是她的长处之一。

当时，我一直站在窗前俯瞰曼哈顿，就像现在在东京所做的一样。艾米走过来，从身后环抱住我，她的手臂微微晒黑了，因为白天我们俩进进出出，逛了一整天的街。

"你没事吧？"她问，"还在想你父母吗？"

"是的……也没怎么想。我在想房子，真的。"

"房子？"

"我想回去的时候把房子翻修一下。它现在看起来跟我小时候一样，没有变化。"

"房子没那么旧，本。不要太着急。另外，你根本不需要亲自翻修房子，咱们雇人来做就行了。"我笑了笑，没说话，摆脱了原先那股莫名的忧郁。置身于一座繁华的不夜城，身边有位美丽、自信又能干的年轻女人，而且她爱我，相信我可以给她舒适的生活，总的来说，我得到的比失去的多。

一件事往往会唤醒另一件往事。我的思绪又回到了哈雷温特南，回到了那座伴我长大的房子，那个艾米出走的家。

我在脑海中反复回想着那个家，凝视着房间，打开橱柜，检查后门是否被锁上，在走廊里敲打气压表，转动着我父亲给母亲的结婚二十五周年纪念日礼物——难看的马车钟。我们都不喜欢它，但这该死的东西仍然在客厅的壁炉台上，永远需要清盘，就像一些令人厌恶的玩具。

突然，我意识到了一些东西。虽然我跟艾米说要翻修房子，但从未真的那样做过。也许潜意识里我并不想那么做。虽然艾米翻修了房子的部分地方，比如厨房，但大体上它还是保持了原状，和我父母去世时，也就是艾米搬进来的时候一模一样……当然，也和她搬出去的时候一模一样。我竟然从未意识到，我就这么任由艾米留在了我的童年世界，而没有把她纳入自己的婚姻生活。我甚至没有想到自己那么爱我的父母。他们去世之后，我除了怨恨，没有其他感觉。他们就那么任性地离去，留下布莱妮和我相依为命。我还远没有长大成人，我还需要他们的指导，虽然他们走的时候，我已经二十八岁了。

正当我在空荡荡的房子里徘徊时，父亲书房里的电话突然响了。我清清楚楚地想起了那天的那声响铃，尖锐而痛苦。我家客厅没安电话，大家都说不用装，因为都有手机。尽管如此，大家也都体验过手机信号差时的情形，因此固话还是家中必备，毕竟能确保通话顺畅。

"请问本·钱伯斯先生或布莱妮·钱伯斯女士方便接电话吗？"布莱妮婚后保留了娘家的姓氏。

"我就是本，您哪位？"

"我是牛津郡警方的家庭联络小组。很抱歉不得不通知您这件事故……"一个女人在那头说。

我的大脑暂时屏蔽了接下来的内容，竭力地回想我有哪个朋友住在牛津郡。然后我想起，爸妈正开着自己的飞机在那里参加轻型飞机拉力赛。我想不出说什么好。

"哦。我是不是要去医院？"电话那头出现一阵短暂的沉默。

"嗯……是……是的，您得去一趟医院。"

"他们现在怎么样了？"

"我把医院的位置告诉您，我会在那儿等您。"

"不，我希望您先告诉我他们的状况。"这种拖延、敷衍的说辞突然激怒了我。我知道这个女人要说什么，要是别的情况，她早告诉我实情了。

"嗯，我很不愿意对人们通知这样的消息，但是……您父母飞机上的螺旋桨出了故障。我们还在调查具体的原因，但是……嗯，您父母没能……我很遗憾。"

"没关系。"我不假思索地告诉她。

"钱伯斯先生，用这样的方式来回应这样的消息是很自然的，之后会有不同的感受。您或您的姐姐需要来确认尸体，但我想让您知道，我在这里等您。要是您有任何问题或需要什么，请随时与我联系。"

她把办公室的分机号码和自己的手机号都留给了我。我永远不会打这些号码，还有什么好问的呢？我的父母整天说着"见鬼的，豁出去了"，然后拍拍屁股就探险去了。呵呵，这下好了，真见鬼了不是？这次他们不会回来了。其实都一样，哪怕这次飞行比赛他们安然无恙地回来了，谁知道下次是被泰国哪头不喜欢他们的会画画的大象捅伤，还是在南极或其他地方被企鹅咬伤，然后感染破伤风呢？日子一天天过去，我逐渐理解了她所说的"不同的感受"，但我似乎还是没以她预期的方式表达悲伤。

布莱妮不一样。她哭了，然后一头扎进了葬礼的筹备中，忙忙碌碌。她哭了几次，之后继续生活。

现在，我才意识到，艾米几乎没有跟我谈论过我父母的离世。站在东京的这个窗子前，离家万里，我发现我很想他们。但我不想再在这段人生里止步不前——这不是美好的回忆。我得振作起来。

"没错，唐。走吧，出去。"

"出去？"

"是的，出去。我们身处世界上最令人兴奋的大都市，可不能只待在这里透过玻璃窗盯着它。"

唐的眼珠往上翻了翻，就像他每回担心时那样。然后，他开始扯电工胶带。胶带已经破烂不堪了，我这就给它换掉。

"不会有事的，"我对他说，一边把新胶带贴在他的面板上，"我会把你照顾好的，放心吧，再糟糕还能糟糕到哪里去呢？"

事实证明，最糟糕的事是，我决定拖着可怜的小机器人去卡拉OK酒吧。唐把自己照顾得很好，比我好多了。

我不是有意喝醉的。我本打算只喝古典鸡尾酒，但后来不知怎么就开始喝札幌了，它现在是我最喜欢的日本啤酒。我把唐留在了包间里，他很满意，因为那里并没有真正的座位，桌子两边只有软垫供客人坐下休息，他很容易就扑通一声坐下了。与此同时，我去酒吧喝了一杯。我印象中自己打算要一杯古典鸡尾酒的，从我口中说出的却是"你们这儿最好喝的啤酒是什么，兄弟？"几杯啤酒下肚，我晕乎乎地走到舞台中央，拿起话筒，深吸一口气，开始引吭高歌。我甚至不知道自己点了哪首歌，我只听到有个醉汉在别处用和我一样的嗓音在吼着《心碎了无痕》。

三十秒后，我就被一群日本顾客团团围住，各个举起小小的清酒杯朝我欢呼。他们每个人都穿戴着精致的衬衫和领带及漂亮的裤子，与我的牛仔裤、花衬衫和湿透的鞋子形成了鲜明的对比。一曲告终，人群中爆发出一阵欢呼，我乘兴问他们要不要再来一遍，答案迷失在东京[1]的夜色中。结果，歌曲的前奏刚响起，人群中便传来诸多怨言，所有人都回到了自己的座位上。我丝毫不受影响地继续唱着，直

---

[1] 此处原文为"The answer to this was lost in translation"，作者在这里用了双关的修辞手法，"lost in translation"是索菲亚·科波拉的著名电影《迷失东京》的英文名。——译者注

到酒吧的工作人员上来把我搀下台，他们真是好人。等回到座位时，我看见唐不知怎么竟脸朝下趴在桌子上，双臂无力地垂在身体两侧。

加藤出现的那一刻，我不小心喝了几瓶酒，正在放声歌唱，这令我后来懊恼不已。他初见我的时候，我正脸朝下趴在桌子上，唐则靠着墙，心不在焉地揪着自己的电工胶带，显然已经受够了。加藤真是个宽容的好人，对这一切都没有在意。

"我注意你们俩好一会儿了。你的歌唱得很好。"

"谢谢。很有趣不是？"我回答说，已经能够稍微抬起头了。

"不好意思，我能问一下你的机器人是从哪儿来的吗？"

如果我处于清醒状态的话，我可能会挑挑眉毛，不紧不慢地饮一小口酒，继而优雅地问："先生，您为什么想知道呢？请问您对机器人特别感兴趣吗？"他可能会拿起我给他的清酒杯喝上一小口，回答："是的，我对机器人一向感兴趣。我是个……怎么说呢，人工智能专家。我很擅长在卡拉OK酒吧寻找特别的机器人。"但在当时，我已经失去了理智，所以这段都是我事后想象的。

以下才是真实的状况：当这个日本人问及我的机器人时，我抬起头，眯起眼睛看着他，他凝视着我，脸上满是耐心和礼貌。

"这事说来话长……长话短说吧。他在我家花园了。"

"他是……你的园丁？"

"不不不不……他来我的花园……坐在柳树下。原谅我，我还在倒时……时差。"

我的脑子终于在线了，"等……等等……为什么问这个？"

他举起唐软管般的手臂："因为我以前认识一个人，他也喜欢把机器人的四肢做成这样。那是很久以前了。这不是他最好的作品。"与此同时他转向唐："抱歉，无意冒犯。但毋庸置疑，看起来他当时在赶工。"

"嗯，我刚好在找你这样的人。红色的东西……不对，紫色……番茄……茄子。茄子。"

"茄子？"

"是的，没错！"

"加藤茄吗？"

"答对了！"然后又过了一会儿，我的脑子终于反应了过来，"等……等等……你怎么知道？"

"因为我就是加藤茄。"

"我 ×。"

14

官方机密

次日，唐和我乘电梯上了好像一百多层才到加藤的办公室——又是一栋玻璃建筑，活像克里在加州上班的地方，看来人工智能这一行的工作环境很相似。我原本以为，东京如此之大，在同一个酒吧相遇的概率应该不到百万分之一，我们的相遇堪称奇迹。不过今天来了才知道，那家酒吧就在他公司附近。不过没事，照样是奇迹。

头天晚上的大多数对话我已经记不清了，但是加藤告诉我说，我对他发了誓，还问他为什么不回我邮件，他说他回了，只是我没看到。然后他邀请我今天十一点带唐来见他，好让他看得再仔细些。再后来，他给了我一张名片，请我务必赴约，因为我当时"问的话已经跟不上我的想法了"。也对，酒吧里那么暗，的确"看不清唐"。加藤实在善解人意，一直给我台阶下。

电梯呼啸而上，我难受极了，甚至有点儿反胃，宿醉的反应还在持续中。这是台观光电梯，唐兴奋地把脸贴在玻璃上，看着地面上急速缩小的景物欢呼雀跃，高喊着"喂——"。而我完全不想去看。

"唐，安静点儿行吗？我的头好痛。"

唐看看我，转过头继续贴着玻璃，继续大喊"喂"。我揉揉太阳穴，深呼吸。

电梯停在了第五十三层，出了电梯就是一条长长的、左右两边都通的走廊。我还没来得及想往哪边走，左手边就有扇门开了，加藤从里面探出头来。

"钱伯斯先生，快请进。"他朝我们热情地笑着，这下我对自己昨晚的言行更抱歉了。

"茄君，"我学着日本人的称呼，"请原谅我昨晚的失礼，太抱歉了。我一般不那样的。"我双手合十鞠躬，因为日本电影里的人都是这样的，但愿没冒犯到人家。加藤只是笑了笑，向我伸出手。

"我在美国待过许多年，在东京也见过不少英国人。请别见外……你还在倒时差，这很正常。另外，叫我加藤就好。"

"你真是太好了，"他对待我的体面态度真的打动了我，"请叫我本吧。"

"这边走，本、唐酱。让我看看你。"我后来才知道，日语里在名字后面加个"酱"字是对小朋友的爱称。虽然我当时没有立即明白，唐倒是懂了，他冲着加藤开心地笑了，咣当咣当地跟着他进了办公室。

这房间漂亮极了。布置虽简洁，但所有东西各就其位，浑然天成。墙上挂着一个有机玻璃柜，里面摆着一只机械金属臂。墙上还有两个凹槽，各放了一只橡胶手套。加藤注意到我的兴趣，朝它们做了个手势。

"我现在基本上从事的是宣讲和咨询工作，但我很难放弃自己对应用型机器人的兴趣。我也发现，许多像我一样离开这一行的人并未真正离开，总归是或多或少地与他们的新工作有一定联系。"

"手套是干什么用的？"我俯下身，用冷冰冰的手摸了摸它们。

"尽量不让东西沾灰。"

"是啊。"我暗暗自责自己的心不在焉，竟问出这种傻问题。

"喝茶吗？咖啡也有。"

我很想喝咖啡，但我马上注意到漆盘上摆着一把精心制作的茶壶，边上有两个杯子。

"这是日本绿茶，对倒时差很有用。"

这就是消遣我了。他的确是个典型的日本绅士，但也不乏幽默感。我越来越欣赏他了。

加藤递给我一个小杯子，里面是澄澈的黄绿色液体。他也为唐倒了一杯。然后他做了卡兹博士曾经做过的事情：检查唐的汽缸（里面的液体现在只剩一半了），合上面板，抬起唐的胳膊，让他伸伸脚，以及诸如此类的一套流程。最后，加藤又仔细检查了一遍唐的四肢，边检查边点头。

"他的底部有一块铭牌，上面刻了些字。不过现在磨损得很模糊了，你没准儿能认得上面的字。唐，你可以躺下来，让加藤看看你的铭牌吗？"

唐耸了耸肩就躺下了，并不介意。加藤盯着他看了看，又摸了摸他的小金属关节。总的来说，加藤就是个典型的日本男人，黑色的短发，深色的眼睛，西装笔挺（虽然在办公室里，他只是把西装挂在门后）。然而，话又说回来，他跟我在东京遇到的其他人又有所不同。也许是因为他是这里难得的高个子。

他起身扶唐起来。唐站好后立即走开了，开始去抓有机玻璃箱旁边的橡胶手套。后来他打开加藤办公室的门走了出去。我慌忙喊他，加藤叫我放心，说他走不了多远。

"你可以把他修好吗？"我问，当时心里十分乐观。

"恐怕做不到。我这儿没有相匹配的零部件。"

我的肩膀耷拉了下来:"那你知道这汽缸是做什么用的吗?"

加藤摇摇头,跟克里说的差不多。

"它可能是燃料电池,但假如真是那样,系统应该更复杂才对。不过,我认识个懂这方面的人,至少他大概知道。"

"真的吗?"

"是的,"他说,"他叫博林杰。"

"博林杰?"

"'此财产属于B——',我的老同事,博林杰。他是个古怪的英国人。他是我的导师,最有才的机器人专家。"

啊啊啊!他就是B!

"那另外半句话是什么意思?我猜会不会是他公司的名字,我往这个方向查过,但至今一无所获。"

"这并非公司名,这是地址。我最后一次听到关于博林杰的消息,是听说他退休后住在密克罗尼西亚(Micronesia)的一个偏远的岛屿上……也就是'MICRON'。另外,我猜'PAL'指的是帕劳(Palau)。博林杰在那里一定有个邮箱。"

"这退休生活听着挺惬意的呀。"

"是吧?但我觉得与其说他是退休,不如说是隐退。"

我问他什么意思。

他示意我在一把设计精美的橡木椅上坐下,自己则坐在了橡木桌子后面的一把转椅上。

"从美国回来后,我加入了东亚人工智能公司,对我来说,可谓是人生中的一次明智之举。我在那里认识了博林杰,和他一起工作。公司在我们的项目上砸了大笔资金。我们的团队有十来人,大家基本上都住在大阪附近的高级公寓里，收入颇丰，生活优裕，当然也相当辛苦。"

"你当时负责做什么？这项目的研究方向呢？"

加藤指了指茶壶，示意我把杯子递给他，然后给我续了一杯茶。他说得对，这茶非常适合用来缓解宿……倒时差。

"我们负责研究和开发有知觉的机器人。说得再具体点，也就是希望创造一款足够'活'的原型，能够接受指令，并评估出执行指令的最佳手段，同时还能判断指令是否正确。我们的研究将用于战争技术。这类研究的方向往往都是如此。"他一直在做客观陈述，但语气很悲伤。

"你们成功了吗？我是说原型造出来了吗？"

"没有。有，又没有。我们计划造一个类人机器人实体，可以教授他知识，并保护他。然而，最终我们造了二十多个成人大小的机器人，他们太强大了，以致无法自控，甚至难辨是非，这跟项目的出发点背道而驰。在这节骨眼儿上，博林杰加入了项目小组。直到今天我一直认为，若非博林杰膨胀的野心，这个项目本来是可以成功的。他做得太过火了，赋予了太多'生命'在这个……这些机器人上。他做了不止一个。这还不是最要命的。最要命的是，这些机器人没有开关。博林杰说，只有没法关闭，才能更接近人类。要想关闭他们，就得采取永久关闭的方法。我们本应该教他们理解快乐的，但我们没有。相反，他们很生气。"

"等等。你刚才说'永久关闭'，意思是杀死他们吗？"

"是的，你想这么说也行。"他叹了口气，"这是个严重的错误，后来……出事了。我们都丢掉了工作。项目被关停了。博林杰被劝退，退隐了。看来他真这么做了。"加藤苦笑道。

"加藤，到底出什么事了？关于那次事故。"

"对不起，本，我不能说。博林杰对设计的保密工作做得十分严格，不允许泄露丁点儿细节。我们都签了合同和保密协议。其实我已经讲得太多了，真要追究起来，我难辞其咎，也会把自己和过去的那些老同事置于危险之中。我只能说，我觉得他不是个好人，而是个懦夫。"然后，他靠近我，低声说："虽然你没有征询我的意见，但我还是想给你些建议，对此我十分抱歉。我劝你把机器人带回家，不要去找博林杰，再想想其他办法。"

我理解他的心情。他曾经非常崇拜博林杰，博林杰却如此这般地胡作非为，毁了自己的一生。因此，加藤担心同样的事情会发生在我身上。但是这个人到底有多坏？这么久之后，他应该被原谅吗？再说了，走到今天，能用的办法我都试过了，我别无他法——既然说他能修好唐，那就会一会他吧。

15

"Con-dom-ee"

当我们起身离开的时候，我有了个想法。虽然也一直惦记着唐的汽缸，不过下一趟去帕劳的航班直到本周晚些时候才有，所以我们还要在东京待几天。于是，我转向加藤。

"加藤，你帮了我们大忙，而且对我们很有耐心。我想谢谢你。今晚可以请你吃晚饭吗？"

"谢谢你，我很荣幸……只要不谈博林杰就行。"

"就这么定啦。"

加藤推荐了他经常光顾的一家餐馆，就在附近，我们约好八点在他办公室碰面。

"回见。"道完别，我们回了酒店。交了个朋友后，这个城市不再那么陌生。

回到酒店后，我四仰八叉地躺在那张大得可笑的床上，闭目养神。过了一会儿，当我感到有动静时，唐已经爬到我旁边躺下了，头枕在我伸出的胳膊上。我不好意思告诉他，他的头太沉了，快压死我了。没几分钟我就忍不住了，我悄悄瞥到他已经闭上了眼睛，随后头顶传来了微弱的嘀嗒声。于是，我轻轻地把枕头塞到了他的脑袋下面，慢慢把自己的胳膊抽了出来。我打给客服部叫了份午餐——一份儿精致的面点，然后看着日本电视里特有的无穷无尽的游戏节目等唐睡醒。

当他醒来时，精神好极了。距离跟加藤约的时间还早，我想先去市里逛逛。唐答应了，但前提是我保证绝对不去酒吧。

"地铁？"他问我。

"是的，唐，我们坐地铁去。你想坐吗？"

"想。地铁。唱歌地铁。"

出门前，我问前台工作人员能否推荐一些景点，他给我们拿了本简易版的旅游指南。见我带了个机器人，他建议我们去秋叶原的高新技术区逛逛。

我们乘坐着途经东京市中心的山手线来到了前台工作人员推荐的秋叶原。结果，该下车时，唐怎么都不肯下，害得我们坐过了站。因为这是条环线，我们只好再坐一圈儿。当我们走完一圈儿时，唐已经把每个站的曲调都学会了，每到一站就跟着唱起来。我同样好紧张，担心惹恼其他乘客，但压根儿没有人表现出不悦。

第二次到达秋叶原站时，我抓住唐的胳膊，趁他还来不及反抗就赶紧把他拖下了车。虽然有几个乘客对唐投以关切和怜悯的目光，但他们是站着说话不腰疼，他们可没尝过对唐客气的下场。

出了秋叶原站后，我们一下子就置身于傍晚和煦的阳光里，这与之前的雨天感受完全不同。此时路面闪烁着暮光，建筑物娟然如拭，虽然我们现在身处东京灯红酒绿的繁华街区，却给人一种美好的宁静感。

"哇——亮闪闪。"唐告诉我。

"很漂亮吧?"这正是艾米所喜欢的景象,于是我掏出手机拍了张照片。

我把手机放回口袋,说:"那么,咱往哪边走呢,唐?"

唐选了右边。我们在街上闲逛,两边是缤纷多彩的广告牌,与渐渐淡去的天光相映成辉。其中一块是日本产威士忌的广告牌,画面上是一个壁炉和一把勃艮第·切斯特菲尔德扶手椅,跟这个高新技术街区多少有些不搭调。另一块广告牌则是满满的日式风格,画面中央是一位欧美长相的日本模特,身边遍布樱花,手中拿着一款混浊的能量饮料。第三块广告牌上是鲜艳的橙红、橙黄与金色的枫叶,大概是宣传富士山周边的冬季度假折扣的,不过我不懂日文,全靠猜。

要不是唐非要再坐一圈儿地铁,我们老早就到这里了。不过那样或许也就错过了当下这一刻日暮中纷繁的光影美景。要不是唐,我现在可能在任何一个城市。但事实是,要不是唐,我可能哪儿也不会去。

在技术商业中心,我们经过了一排排看起来奇怪、档次低的商店。我们挑了一家进去,它出售一系列针对游客的物品,大都是一些日本特色商品。店里有日式扇子、和服、微笑的瓷制招财猫、有关富士山的画作,以及日本特色绿茶和有两个脚趾的特殊袜子。逛着逛着,我做了一个决定。

"唐,我要给家人买些纪念品作圣诞礼物,希望回家时来得及送给他们。侄女和侄子的礼物网购就行,但我要从这里带点儿东西给布莱妮和戴夫……还有艾米。你帮我一起选吧。"

我们挑了一套筷子预备送给布莱妮和戴夫,又花了好久给艾米选扇子。我给唐买了一双袜子,因为他觉得它们很有趣,但他好像不明白这是穿在脚上的，只是牢牢捏在手里。售货员提议帮我们把东西寄回家。我想了想自己鼓鼓囊囊的背包和接下来不知还要多久的旅途，接受了提议。不过当她想把唐的袜子拿走时，我阻止了。

"这双袜子我们自己拿着就行，谢谢。我的小机器人喜欢自己拿着。"

从纪念品商店兴奋地出来后，唐提出要去逛逛著名的秋叶原电子商店。我们选了一家过道最宽敞的店，这样唐比较方便逛，还有一个原因是，这家店的灯光特别炫目。

一进去，我和唐跟比赛似的，竞相睁大眼睛看着里面琳琅满目的电子产品。好多东西，我都猜不到它们是干什么用的。不过要是我也生活在这座科技之都，或许也能认识什么是什么。而实际上，我不仅带着唐这样的老式机器人，上衣口袋里还装着旧得不能再旧的手机，家里的车库里还停着一辆本田思域——它除了喇叭不响外，其余哪儿哪儿都响。

在六层的商场里逛了一会儿后，我们来到了其中一层，在这里机械人鳞次栉比地堆放着，看起来很像摆在基座上的洗衣机，等着被买回家激活。唐坚决不过去，但我很感兴趣。

"好啦，唐，他们都没有被激活过，不会伤害你的。"

他眯起眼睛，一脸担忧，但最后还是让我牵着手领进了过道。陈列区布满了标有日元符号和重点标记的各种广告标牌，虽然我不懂日文，但也大概能猜到这是介绍每款机械人的特点的。不过我看不出有什么区别。唐似乎也在努力解读每个机械人的功能。他仔细打量着其中一个，那个机械人的表面材质是拉丝不锈钢，有一对沉闷的玻璃眼珠，身高约一米八三，拿着一把貌似（也可能不是）草坪修剪器的工具。

"不明白他们是干什么的。"

"唐，我也不知道。不过你瞧，我觉得这个是做饭机械人，你看他的手臂上有一个搅拌器和一把刀，像瑞士军刀。"

"瑞士……"

"别管了。我只是想说他有许多部位能用来烹饪。艾米就是想买这种。我想，她需要比丈夫更有用的东西。"

看着这些机械人，我的心里感到一阵苦涩，而且唐也筋疲力尽了，于是我打算离开这儿。我们一出来，唐就高兴了起来。当我们走近一个宽阔的十字路口时，唐好像在看什么东西。原来是马路对面的一家大型商店，灯牌无比耀眼，写着"Condomi！"[1]好在，那家店关着门，但这也没能阻挡住唐，他使劲往前挪着身子，准备为它穿过马路。

"唐，走这边，"我恳求道，"就在这边路上看看灯光，不是很好吗？"我抓住他的爪钩，轻轻把他往回拉。

"不！Con-dom-ee！Con-dom-ee！Con-dom-ee！……"

"嘘，唐，求求你，别喊了。"

他把头转向我："什么？"

"你别喊了，我知道你在看哪家店。但它已经关门了，听见没？"

唐看看商店，又眨眨眼睛，然后又念起这句新咒语，可能是特别喜欢这个词的读音。

"Con-dom-ee！Con-dom-ee！"

我想，在这种情况下，立即走开方为上策。我抬脚就走，暗暗祈祷唐会跟上我。我紧张地从马路上各式各样的噪音中搜寻着他的脚步

---

[1] 发音很像"Condom（避孕套）"。——译者注

声，很快就听到了熟悉的"丁零当啷"声，同时伴随着老式机器人一刻不停的尖叫"Con-dom-ee！Con-dom-ee！"我走得更快了，用最快速度逃回了酒店。

我把唐留在了酒店房间，让他坐在地板上看电视，我和加藤出去吃饭。

"你不会自己跑出去吧？"

"不。"他说，已经完全被电视里那个疯狂的游戏节目主持人夸张的西装和狂野的笑声吸引了。

我不敢相信唐的一面之词，毕竟房间里有钥匙卡，随时可以从里面打开。保险起见，我还拜托了礼宾部的工作人员，告诉他们如果看到或听到一个四四方方的机器人自己往酒店门外走，务必送他回到我们的房间。

我准时到了加藤的办公室楼前，他已经在等我了。

"免得你辛苦乘电梯上去了。"他解释说，做了个"请"的手势示意动身。

"再次感谢你告诉我关于唐的事情，它们对我帮助很大。"

"不客气。不过很抱歉，我不能再多说了。"

我挥手示意他不必道歉："我知道你已经说得太多了。该抱歉的是我，把你置于了两难的处境。"

"不要紧。不过我有件事想向你打听，拜托——你能告诉我莉齐现在怎么样吗？"

我瞥了他一眼，迅速避开了一根电线杆，它顶上满是电线，还像地铁一样会唱歌。我怎么没想过问问他们为什么这样做。

"你在电子邮件里说，是她让你联系我的？"

"嗯，对。"我顿了一下，努力表现得沉着些，"她要我向你打个招呼。她现在在太空博物馆上班。我觉得她很喜欢人工智能，不过太空领域也挺好的。"

加藤点了点头，显然没觉得意外。我们沉默地走了一两分钟，加藤眼神放空地走着，我不想打扰他思考，同时我也在思考是否能在什么时候提出"事故"这个问题。而且我也开始怀疑，加藤和莉齐的关系远比他们俩向我透露的复杂。

"她对你评价很高，说你很聪明。"

"那我真是受宠若惊了，"他说，"过了这么多年，她还记得我。真好啊。我已经很久没跟她说过话了。"

"她也是这么说的。方便告诉我为什么吗？"

"上大学时，我们处过一段时间。"

啊哈，我就知道。

"当年，我们的追求不同，"加藤开始解释，随即猝不及防地收尾，"于是就散了。"

"她没告诉我你们俩以前的关系。对不起，我不该问的。"

我很想问他什么是"追求不同"，但猛然想到了艾米，于是沉默了。

对我来说，艾米的律师身份似乎一直是件烦人的事情，那工作挤占了她大量的时间，看似还只会给她带来无尽的压力。但和加藤对话后，我意识到，那些只是我的一己之见。艾米的工作和加藤的机器人事业一样，有趣又富有挑战性，只是我从没去了解过。或许，莉齐对自己工作的失望是自身情绪在作祟，我也是。

这时，加藤说话了，打断了我的思绪。

"那是很久以前的事了。可能其实我们俩都不希望互相失去联系。"

"既然你说她过得挺好，我就放心了。"这时，一群装扮成动漫人物的女孩从我们旁边嬉笑打闹着走了过去。其中有四个穿着短裙还梳着辫子（对此，我有点儿紧张），还有一个装扮成了一条绿色的大眼龙（这个我不紧张）。

等她们过去后，加藤继续说："我说……莉齐她……结婚了吗？"

我不由得咳了几声："呃，没有……据我所知还没有。"

"啊，好的。"

"好？"

"呃……我是说……"

"没关系，加藤，我懂你的意思。"倘若在平时，这种场面话过去也就过去了。但这次不同，我突然很想好好谢谢加藤，而不是仅仅请他吃顿饭。

"这样太可惜了。因为我觉得，她也很想有人陪伴。我觉得，她跟你断了联系后挺失落的。"

加藤若有所思，我趁热打铁："你结婚了吗，加藤？"

"不，我工作太忙了。而且——没遇到过合适的。"

"你确定吗？"

他停住了脚步："大概没有。"

"得克萨斯很不错。"

"是吗？"

"是的。东京有航班直达奥斯汀。"我的话吸引了他的目光。

"加藤，或许你应该去看看莉齐？"

他笑了笑："或许吧。饭店到了，本桑。"

加藤带我来的这家饭店是那种旅行指南上不会提及的小饭馆，它坐落在一条小巷子里，是一个非常不起眼的小木屋，中间挂着典型的日式风格的幌子。两侧的房子明显更现代化，应该是后来扩建的。

加藤举着屋帘让我先进，随后跟着我走了进去。然后，他拉开一扇木门，我们就到了餐馆的门厅。一位穿着时髦西装的绅士上来招呼加藤，领我们穿过另一扇木门进入主厅，安排我们俩坐在了一张矮桌旁。餐厅的内部很美，但最吸引我的是它那沁人心脾的气味：温暖的木头和大海的味道。餐馆的室内同样用木板装饰，可谓"表里如一"。我猜，用的木材是雪松或檀香木。海的气味应该来自餐馆另一头的两只大鱼缸。餐厅中央还有一个T台，夜总会式的桌子在舞台周围摆成了马蹄形。舞台空荡荡的，但座位上已经挤满了顾客，今晚肯定有什么娱乐活动。

晚饭时，我们谈论了更多关于莉齐的事。在这段时间里，我决定最好装作和加藤一样，还没和她睡过。不出我所料，这个男人爱着她，到现在也是，虽然他们俩十年前就分手了。

"我总是更愿意表达感情，"加藤解释道，"你可能会觉得很怪异吧，毕竟对于日本男人和美国女人这种组合来说，这种状况很反常。"

"这就是你们分手的原因吗？她以为你太热衷了？"

他摇了摇头："在同一个地方度过大学生活很容易，但毕业之后就不一样了，我们个人的希望和梦想出现在了不同的国家。我觉得我需要去东京，为了我的事业。莉齐则希望留在美国附近的家里。最后，这段关系似乎成了一场无休止的争论。"

"加藤，你听我说，我太了解了。一次次的争吵永远解决不了问题。但我也知道，生活比无休止的遗憾更重要。为什么不直接去找她，看看还有没有最初的感觉？以后的问题以后再说，先别想太远。"

对加藤说出这个建议的同时，我突然意识到，可能正是我的这种态度促使艾米离开了我。也许于她，感情永远要和现实相联系，于我，爱才是最重要的。但现在我明白了，光有爱远远不够，对艾米来说不够。我暗暗打算，无论什么时候回家，我都要告诉她自己的反思。我不禁开始想，自己是否能让她相信我已经改变了，也不再像以前那样看待问题了。我是否能让她相信，现在的我或许能让她快乐？但同时我仍隐约觉得，她离开是有好处的。

我正想着自己的失败婚姻时，舞台下面突然传来了高亢的长笛声，伴着一种尖锐的吉他声，加藤说那个乐器叫三味线。食客们开始鼓掌。

我抬头，看见一位艺伎站在舞台中央。不对，那是个机械人。她穿着红色樱花和服，上面印有樱花图案和苍鹭刺绣纹样，背面用浅粉色的衣带折成了大大的方形领结。她甚至还戴了黑色假发，脸涂得雪白，还有美丽的玫瑰色嘴唇。

机械艺伎手持两把扇子开始翩翩起舞，扇子在她手中转动，跟真人几无二致。不过，她和服底下露出的带着轮子的脚还是蛮奇怪的。

加藤解释说："这能让他们像真正的艺伎一样，安静而平稳地移动。"然后他补充道，"别误会，本，我带你来这里不是为了看他们表演，而是单纯喜欢这里的食物。而且我猜，你可能对不同种类的人工智能感兴趣。"

"这艺伎是你公司制造的吗？"

"不，不是。我总觉得这是在侮辱我们的文化，虽然说不大清楚个中缘由。"

"我和唐在加州时，误打误撞住进了一家'加州旅馆'。后来才知道顾客是去里面跟机械人……发生亲密关系的，而且人们竟然以为我跟唐也在里面做那种事。所以……这位艺伎也是吗？"

不出莉齐所料，加藤扬起眉毛，一脸震惊。他说："我觉得不是。这样对待人工智能是一件令人憎恶的事——他们不知道拒绝。"

"他们不会拒绝任何指令。对他们而言，指令没有残不残忍的区别，都是可以接受的。"

"你肯定不会那样对唐吧？"

"绝对不会。我更不希望对他下指令。我也不指望他对我言听计从。"

"但你确实这么做了。你希望他跟着你，无论你去哪儿，不是吗？"

"我从没有这样想过。我对他是请求，而不是命令，但我接受你的观点。此外，他很固执，他跟我一样我行我素，这点我可以保证。"

加藤哈哈大笑："完全不奇怪。"

机械艺伎停止了舞蹈，开始演奏乐器。她坐在地板上，一边弹着弦乐器一边唱歌。我以前从没听过机械人唱歌，这位唱得很不错。

"他们怎么还会唱歌？"

"这项技术花费了很多精力。这就是我们的娱乐机械人。你会发现，这位艺伎的技能有限——她会唱唱歌跳跳舞，要么再给客人端个茶送个水，但也就仅此而已了。还没人能做得出可以执行多项任务的机械人。目前我所见过最接近这一设想的机械人也只能执行双任务，比如家务和园艺。博林杰可能也认识到了机械人的局限性。不过或许也是因为人类不希望赋予机械人太多功能，否则要怎么控制他们？"

我想起了唐和他流浪的倾向。

"的确不行。最好就是恳求他们或者把他们关起来。"

"完全正确。"

我乘坐唱歌地铁回酒店时，一路上都在担心唐。和加藤的谈话让我忧心忡忡。在得州时，我答应过不会再留他一个人待着的，但我又食言了。虽然这次临走前我已经对他千叮咛万嘱咐过，但坐电梯上楼时我的心还是怦怦直跳。

还好，这回他老实地待在房间里，保持着我离开时的样子，还在看电视。

"我回来了，唐。"

"本吃得好吗？"

"谢谢，饭菜很好吃。"我决定闭口不谈机械艺伎的表演，"你呢，在忙些什么？"

"忙些什么？"

"就是问，你刚刚做了什么？一直在看电视吗？"

"是的，除了电话。"

我以为自己听错了。

"我用了电话。"

"干什么用？"

"打给电视。电视上的人说，打电话，等待。我就打了。"

"哦，你是给直播的游戏节目打热线电话了吗？"

"对。"

"打通了吗？"

"是的。"

"然后呢？"

"他们说日语。听不懂。"

16

生病的唐

飞往帕劳的飞机很袖珍，很像电影里常见的那种——极易被闪电击中，坠毁在某座荒岛的沙滩上，然后乘客被野猪吃掉。除此之外，我还有个害怕坐飞机的理由：我的父母死于飞机失事。尽管如此，我还是努力展示勇敢的一面给唐，因为他看着不比我好多少。

"放心吧，唐，我保证没事。我爸以前就经常开这种飞机，跟这个很像……比这种小一点，也差不多。他退休后就喜欢玩这些，轻型飞机什么的。他和我妈妈过去常趁好天气出去飞。他们还带过布莱妮和其他孩子，带过一两次吧，不过从没带过我。不过，我好像也不喜欢飞机啦。可能这就是他们不带我的原因吧，哈哈。"

我只想尽量跟唐说说袖珍飞机积极的一面，但他仍然用惊恐的眼神盯着我。

"听着，唐，这趟航班飞了不知多少趟了，每周一次。算上来回的话，相当于每年差不多飞一百次，他们肯定很有把握。"

唐还是没被说服，倒也不能怪他——因为我自己都不信。我们俩都被安全舒适的头等舱惯坏了。而这架小飞机设计之初就没有考虑要承载机械人，更别说容纳机器人了。我不得不为唐支付额外的行李超重费用。即便他对机场工作人员说自己是铝做的，很轻，他们也无动于衷，但我赞赏唐的努力。

这段旅途注定不会太平：环境嘈杂，没有杜松子酒，行程长达五小时。唐挤不进靠窗的座位，所以他一路上使劲往我这边挤，要看窗外，害得我被乘务员斥责了好多次。所幸我们还是平安地降落在了科罗尔岛的小跑道上，虽然飞机当时看起来似乎要从跑道上直冲进海里。我不由自主地闭起眼睛，唐也惊恐地捂住脸。其他乘客嘲笑我们像一对大姑娘。

尽管飞机旅行很痛苦，或许也正因如此，当我们乘摆渡车离开停机坪进入航站楼之后，感觉幸福极了。烈日炎炎下，当地的舞者踏着传统的舞步迎接我们，还在大厅里为乘客戴上了花环。唐最受欢迎了，脖子上的花环不少于五只，还收获了许多香吻，简直受宠若惊。我头一次见他这么高兴。

机场乘务员为我们推荐了一家度假酒店，在科罗尔岛镇。我们从机场坐公共汽车来到了镇上的主街。这座小镇很美，我决定从镇中心步行去酒店。我挽起袖子，把巴拿马草帽往汗湿的头上随意一戴就出发了。一路上，唐走得越来越慢。

"你没事吧，唐？"

"热。"

"我知道很热，坚持一下。"

"不，热。很热。"在机场收到的花环还在他身上，他把它们撕下来扔在了地上。

"我知道，很抱歉，唐。你希望我做点儿什么？我没法关掉太阳。"

唐看着我，好像才知道这事儿。他提高音量大声抗议。

"热！"他指着他的头，"热——热——热——热——热！"

我摸摸他的头，确实很烫。我愈发担心。

"疼吗？"

"这里，"他伸手摸了摸头顶，"不能想，困惑。"

我知道了，我太大意了！这样的温度，哪怕运转五分钟也足以使他的电路过热的。

"太抱歉了，唐。我真是蠢。"我赶紧带他躲到了棕榈树的阴影里，开始使劲想法子。我一边用帽子给他扇风降温，一边自己咕嘟咕嘟地灌了一整瓶从飞机上带下来的水。过了几分钟，他开始有些好转，显得开心多了。

"你现在感觉怎么样？"

"好点了……呃，好更多。"

"你要说'更好了'。"我纠正他。

"是的。现在不糊涂了。不很糊涂了。"

"好的。"我松了口气，但问题还没解决，我们不可能永远躲在树荫下。

"你得戴一顶帽子。"我告诉他。

"是的。帽子。"

我想了想，我的巴拿马草帽不适合给他戴——形状完全不相配，会滑下来遮住他的眼睛。有了！我从口袋里掏出一条白色的手帕，那是我当初在家清洗唐的金属外壳时用的。其实才过去不到一个月，但想起来仿佛已经过了很久。我在手帕的四角各打了个结，放在了唐的头上，然后稍稍调整了下位置，非常服帖。

"怎么样，唐，你觉得如何？"

"什么？"

"我的意思是，这个能遮阳吗？"

他耸了耸肩："或许吧？"

"好吧，我想只有试试看才知道了。"我背起背包，伸手牵起唐，再次步入炎热的午后赤道。

有了手帕后唐的确好了不少，可到酒店时，他还是病快快的。一到前台，他就躺倒在了地板上，面板"啪"的一声弹开了。他合上面板，自己用光滑的银色胶带封住，心不在焉地捋着胶带。我想就随他去吧。

我选了一楼的客房，透过大大的百叶窗可以看到阳台。阳台之外则是热带的花园、无边泳池和私人海滩。房间里很热，于是我打开百叶窗，想让微风吹吹唐滚烫的脑袋。他拖着疲惫的身子走到超大双人床边躺下，又是"扑通"一声，面板又开了，但他已经顾不上了。我用手覆上他原本冰凉的身体，也是热的。

休息了一天，唐不但没有好转，反而越来越糟，我开始害怕了。他躺在床上，头朝着百叶窗的一侧，凝视着窗外的阳台和海滩，阳光在他的身上闪烁。

"病了。"他告诉我。

"我知道，小唐。我真的很想帮你做点儿什么。我该怎么办？"我尽量不显露内心的焦急。

"不知道。"

他的头还是烫的。我光着脚在屋里踱来踱去，思索着怎样做才能帮他降温。我先打开空调，然后把落地扇朝着他的方向固定好。微风吹得他的眼皮微微颤动，他把眼睛闭了起来。

"眼睛冷。"我把风向稍稍偏转了一些，但他还是闭着眼睛。过了一刻钟，我又探探他的身子，还是很烫，而且不知从哪儿传出了轻微的"嘶嘶"声。我看了看他的汽缸，里面的液体在东京时还有一半，现在只剩四分之一了。

"天哪，唐，我这就找人来帮忙。你待在这儿，千万别动，你身体不好。"

唐没有反应。

"唐？"

还是没反应。

我弯腰摸了摸他的头，轻轻地摇了他一下。他一动也不动。

"唐？说话，你怎么不动了？"

唐还是没有反应。

"天哪，唐，求你了，快说话呀，求你了。"我的心猛颤，手使劲地晃他，"唐，你不能出事，你必须好起来。我不能失去你。唐，求你了，说话呀！"

唐睁开一只眼睛："本，别再晃我。疼。"

我用生平最快的速度冲到前台，狂按铃。之前接待我们的服务员过来了。

"先生，需要帮忙吗？"

"是的，拜托你……我要叫急救，"我喘着粗气，"你记得跟我一块儿来的那个小机器人吗？"

"那个复古小人儿吗？我记得，先生。他很可爱。"

"嗯，他病得很厉害，我不知该怎么办。我怕我会失去他。"

"他病了？他怎么了？"

"来的路上太热了……太阳很晒……他不习惯……现在他只想躺

在床上，而且浑身发烫。你们这里有谁懂机器人，能来看看吗？拜托了，我担心极了。"

"没问题，先生，我们这里有专业的工程师，专门跟机器人打交道。因为我们酒店里也有一些机械人。他可能没怎么修过机器人，但一定能帮上忙。我马上给他打电话，叫他去找您。"说着，他拿起了桌上的电话。

我热泪盈眶："谢谢你，太谢谢了。"

一滴泪水从我的鼻子边上滑落。我写了张支票，坚持给他小费。

刚回房间不到五分钟，我就听见了敲门声。一位满头白发、留着胡须的矮个儿男人站在门外，他穿着蓝色工作服，戴一副圆眼镜，手里拎着一只巨大的黑色皮革工具袋。

"你有个生病的机器人？"

"是的，快请进。他就在这儿。"我指向床边，唐依旧闭着眼睛，对着阳台和风扇。

医生迅速地穿过房间走到床边，把包放在地板上，提了提裤脚坐了下来。他摸摸唐的头："哦，原来是台复古款小机器人呢。哦，而且是一个热烘烘的小机器人。"

唐努力睁开一只眼睛，但似乎非常吃力，又合上了眼睛。

"生病了。"

"哦，好啦好啦，没关系的小朋友，我知道你现在不舒服。你躺着就行了。"机器人医生拿起唐的手，然后敲了敲他的身体，又看了看耳朵里的洞。

我声音发颤地跟医生讲了汽缸的事情。他揭开胶带看了看，然后拿出一罐东西，喷在了唐的头上，又在唐腹部的几个位置近距离喷了喷。最后他站起来向我招手，示意我到房间的角落里去。

他轻声说："他状况不妙，我得承认我也很担心。恐怕没别的办法了。我可以打开他的头看看电路有没有断开，但现在太烫，不能贸然打开。我以前从没见过像他这样的机器人，所以没什么经验，也不敢说自己会不会帮倒忙。你知道是谁造他的吗？"

我向他解释了汽缸的事情，还说了我在找一个叫博林杰的人，但出了这个情况，我没办法继续去找。

医生摇了摇头。

"这名字有点儿耳熟，但我不知道他住在哪里。我四处打听打听，看看有没有谁认识他。除此之外，我们只能等，希望他能冷却下来。如果他醒了，尽量别给他压力，也别让他想太多，多休息休息。我有空就来看看他。"

"是太阳的缘故吗？"我问。

"是的，可以这么说，他中暑了。"他看看唐，唐依然安静地躺着，闭着眼睛，手臂摊开来搁在头顶。

医生继续说："我没办法预测他接下来会怎么样。就像我刚刚说的，我从没见过这样的机器人。我猜，汽缸是他冷却机制的一部分。每次他移动，说话，做任何事情——甚至思考——都要用到冷却剂。要是汽缸完好，他就安然无恙了。好在玻璃上的裂纹很小，液体漏得很慢，但热带环境实在太考验人了。你听到的嘶嘶声是他的身体拼命地想让他冷却下来。"

我忍不住插嘴："我把手帕放在了他头上。"我的语气听起来很绝望，但医生抬起一只手安慰道："或许正是此举救了他。"他拍拍我的胳膊，"别内疚，你已经做得很好了，你应该为自己感到骄傲的。"

我并没有因此而骄傲。我带他去了很多炎热的地方——加州、得州……我一直以为自己做的是对的，一直找人修他，但我只是害他变得更糟了。我太草率了。

"你也不知道啊，"医生和蔼地说，"你确实很幸运，当意外发生时，你及时做出了反应。"

他停顿了一下，然后说："我过几个小时再来看他。"

我谢过他，领他出去，然后回房间重重地坐在了床上，双手抱头。

两个小时后，医生果然又来了，并且之后也像他承诺的那样，每天来两回，似乎早已习惯。每次来，他都会从工具袋里掏出喷雾给唐喷一喷，他说这样可以帮助冷却，但代替不了唐自身的冷却系统。每次离开时，他都会拍拍我的胳膊，淡淡地笑笑，告诉我"安心坐等"。

于是，我整天和唐坐在一起，几乎睡不着觉，每天叫一两回餐，但都不怎么吃。唐开始断断续续地有些动作，把头从一边转向另一边，或者把手臂缠在一起。每次他这样做时，嘶嘶声就越来越大，我不得不进行干预，使他平静下来，尽量节省所剩不多的黄色冷却液。

大约过了四天，他的眼睛开始偶尔睁开，不时地盯着窗外，慢慢地眨眨眼，然后再次合上，接着就一动不动了。

第六天时，我被医生的敲门声叫醒。我边回答边揉揉僵硬的脖子，之前竟然坐在床头靠着唐睡着了。

医生例行检查，我对这一套流程已经很熟悉了。不过今天我突然意识到嘶嘶声停了。唐睁开了眼睛，但身体仍然不动。我的胃一阵抽搐。

"嘶嘶声怎么停了？"我问，"唐？他怎么不动？"

医生起身扶住我的肩安抚我："嘶嘶声停了，是因为没有必要了。他的冷却系统恢复正常了，"医生笑着说，"他好了。"

我不由自主地抱住了面前这个男人，他笨拙地拍拍我的后背，发出安抚小朋友的声音。越过医生的肩膀，我对上了唐转动的目光，他的CD槽嘴巴似乎在微笑。我松开医生转向唐，一手抓着他的小爪钩，另一只手迫不及待地去探他的头。

医生离开后，唐又睡着了。我在房间里来回踱步，坐立不安。我不想看电视，只呆呆地盯着窗外的大海和热带植物。医生说，虽然他确信没必要打开唐的头，但要完全康复还需要时间。医生还说，唐得再休息好久。过了二十分钟，唐醒了，叫着我的名字。他已经一个星期没开口了。我顿时如释重负，冲过去亲吻他那熟悉的冰凉的前额。

"我们能潜水吗？"唐问我，我忙着又是摸他的脑袋，又是看他的眼睛。

潜水？我看着他，困惑不解。

"如果我病好了，我们可以去潜水吗？看鱼。"他伸出爪钩指着阳台的方向。原来，从他的位置可以看到正在潜水的人群，他们穿戴着潜水设备，一会儿有人浮出水面，一会儿有人突然站起来，大声宣布刚刚在水底看到的景象。

"我以为你很讨厌水？"

"这水不一样。这水很漂亮。"

"对不起，小唐，我们不能潜水。"

"为什么？"

"海水确实很美，但对你不好。你会生锈的。"

他用爪钩着急地指指身子："铝，不生锈。"

"但你会沉下去的，不是吗？"

"不会，唐会漂。"我不想问他怎么知道这些的，关于他的任何事情我都已经见怪不怪了。或许即便同他相处许多年，我依然无从了解他的全部想法和感受。

无论如何，他不能去潜水。

"嗯，尽管如此，我觉得你泡在海水里不可取。抱歉了，小唐。"

"那人说要放松，让我不要有压力。潜水就不会有压力了。"

这个偷听人讲话的小混球儿。

"唐，你这是情感绑架。"他思考着我这句话。

"听我说，要是我放任你做一些我觉得危险的事情，那我是什么样的人？我差点儿把你弄丢了，小唐。我现在还很后怕。你不能再出事了，而且你的汽缸还是破的，对吗？"

唐揪着电工胶带。

"我会想办法补偿你的，我保证。我会带你去玩其他更好玩的东西，好吗？"

唐叹了口气，但还是点了点头。

"唐，你得接着休息了，我去吃个饭。我出去的时候你自己待在这儿可以吗？"

唐点了点头。

"你不跟我一起可以吗？"

"可以。"

"好孩……好机器人。我会尽快回来的。"我相信他，但还是关上了百叶窗，假装是为了遮挡傍晚的阳光。不过，这也说得通，因为半个房间都笼罩在了饱和的橙色暮霭中。再一次摸了摸他的额头后，我才出门。我把门也锁上了。

接下来数日，我都这样让唐待在酒店，自己出门继续找博林杰。机器人医生的调查根本一无所获，虽然唐的直接危险已度过，但时间依然紧迫。

日子一天天过去，唐似乎已经习惯了疗养生活，甚至开始指挥我收集杂志、贝壳、海草、死螃蟹、活鳗鱼等五花八门的东西，供他在房间里看。他甚至坚持要我从海滩上给他拖回了一块和他一样高、通身挂满藤壶的木头，只因为他从窗子里看到了，想要。

我经常步行去镇上，回酒店后会给唐看我在镇上拍的照片，比如一个在卖烤鱼的街头小贩，或是一栋有大圆顶的建筑物（有人告诉我，这是一家水族馆，但它看着更像一个大教堂）。想到回去要给家人看这些照片，我就情不自禁地笑了——毕竟这些照片都很莫名其妙、稀奇古怪。我甚至能想象到艾米看见那张三条腿的腊肠犬照片时扬起眉毛的情形。我拍它是因为它能让唐想起凯尔，但对艾米来说毫无意义。但我也知道，我可能根本没机会向她展示这些照片。

唐现在对相机产生了兴趣，看照片时一直往我手机底下瞄，想看看船啊、岛屿啦，或是集市小摊的其他部分。

"照片是平面的，唐。"

"在手机里？"

"不，不在里面，不全是这样。"我不知道该怎么对机器人解释照片这个东西，甚至唐这么聪明的也很难说明白，所以我只能不断告诉他："这是扁平的。这是我事先拍好的场景，等你在手机上看的时候就是平面的。"好在他似乎终于接受了我的解释。之后的日子里，每当我出门回来，他都会迫不及待地伸出爪钩要看手机上的照片，不过我还得帮他点开触摸屏。

唐的身体一天比一天好转起来，但还是有点儿虚弱，偶尔还会大脑短路。一天下午，大约两点钟，他突然醒来，开始尖叫。我好说歹说，不停抚摩他的肩膀和额头才使他平静下来。和他坐在一起时，我心中不安的感觉越发强烈，由脊柱蔓延至全身。如果博林杰真是唐的制造者，可以把他修好，那我要是带他回英国，不就是拿他的生命在冒险。我们之所以能走这么远，是因为汽缸上的裂缝很小。假如替换的汽缸哪天损坏得更严重，谁能保证我们还能及时赶回这里？而那或许意味着唐的终结。

答案显而易见。我把形势利弊彻底分析了一遍。结论是，慎重起见，把唐交给创造他的人是最保险的。否则万一有危及生命的事情发生，到时候该找谁修呢？

我的心因这个结论而收紧。我告诉自己这没什么，唐到了那儿一定比在我家安全，而且没准儿过得更开心。

但我无法欺骗自己的内心，胸口似乎有千钧重，几乎无法呼吸。

就这样步行了三星期后，一天早晨，我决定换个路线前往港口。虽然岛上的小镇很美，但我得换个环境了，因为没有唐在身边，我还是感觉很孤单，而且这种感觉越发强烈。现在每次出门离开唐时，我都觉得自己离博林杰更近了一步，这意味着跟唐道别的日子也更近了。

另一方面，这么漫无目的地找下去，不知何时才能找到博林杰。万一找不到，唐该怎么办？来这儿之前，我以为一落地就会有人告诉我们博林杰的住处，然后他把唐修好，用不了几天我就可以带着唐回哈雷温特南了。然而情况远非想象中那么顺利，虽然加藤说他在这边，但没有给出任何详细信息。我问遍了岛上的店铺和酒吧，竟无一人认识博林杰。

我走向海滩，朝沙丘的斜坡上走去，看见眼前的景象时，不觉宽慰地笑了。就在下面不远处的海滩上有个码头，那里停靠着一艘观光船，一大群游客正在围观拍照。船旁边站着一个像是船长的人，人们把钱递给他，买票上船。

　　我又靠近了些，从围观游客的缝隙中看到了一块广告牌，上面写着："玻璃底观光船，与鱼畅游，不沾水哟！"我又凑近了些，看清了下面的小字："不敢跳水？忘带泳衣？还是不爱玩水？快快加入我们的'与鱼共舞'之旅，无须入水，也能享受亲水的乐趣！"

　　我难以置信地双手抱头。是的，我还是没找到博林杰，但至少我找到了一种让唐开心的游戏。在分别之前，我们可以一起做些奇妙的事情，让他能够记住我。这个则是完美的选择。

17

鱼

我想给唐一个惊喜，没跟他透露即将坐船出游的事儿。第二天，我骗他说，出去走走，身体会好得快些，还保证会保护好他，不会让他被太阳晒伤。从酒店出来时，我向前台借了把伞。

唐很紧张，一直揪着电工胶带，还抬头望了望天，就好像太阳会用激光束把他脑袋锯开似的，不过我完全理解他的心情。我带他走的是前一天我在沙丘上走过的路。最开始，他的脚还能踩着脚下长长的植被走，但从海滩往岸边走的时候，唐开始挣扎——他的脚不够宽，每走一步都会往下陷。但他还是高高地仰着头，祝他好运吧。

等我们终于到了码头，唐根本来不及反应发生了什么。他瞪大眼睛，爪钩牢牢抓住我的腿，一边看着眼前的鱼，一边用电子音尖叫着。

"潜水，潜水！"

"是的，我正是这么想的。"

"本——本——本——！鱼！本！谢谢本！谢谢你！"他边说边"咂咂"走上了码头。

一见到布满海星的玻璃船底，唐立马高兴地摇晃起双脚，拍着爪钩，愉快又响亮地大喊着"哇"。他急急忙忙爬上陡峭的跳板，然后向前猛冲，以至一下子就摔倒了，于是唐便一不做二不休地爬完了剩下的路。他一头栽在船上，脸紧贴着玻璃。显然，他的样子并不十分得体。

船上还有几个乘客，但并不多。旺季已过，来这儿过感恩节的游客一周前都已经陆续离开了，而此时离圣诞节派对还早。我坐在小船一侧的长凳上，双臂舒展开来，指尖便触到了海面，感觉到了海水的温度，一股暖流传进了心底。此时，船长起锚了，船加快了速度，感觉更好了。这艘船有一种既迷人又质朴的混搭风格，斑驳的油漆甲板搭配着高科技仪器——虽然我是个科技盲，却也能认出驾驶舱安装的仪表盘很高级。

世界上这一隅的日照过于强烈，把船体烤得色彩斑驳，但这一点并没有被忽略。船的上方遮着一块大油布，油布被固定在船沿的金属杆上。自从上回差点儿把唐弄丢后，我现在无时无刻不在担心他。他好像对我做的手帕帽子情有独钟，一直戴着。虽然有油布遮着，基本不怎么被晒到，但我还是不放心，时不时伸手去探探他的背啊，身体啦，脑袋啦，唐不耐烦地挥手，让我走开。

"唐没事，本。唐不热。唐最快乐。"大概他是在生病休养期间看电视或杂志学会了形容词最高级，一有机会他就用，用得对不对就看运气了。

"看！本！蓝色的鱼！"又过了会儿，"绿色的鱼！本——本！看！本！看！本！橙色的鱼！"

船开了有一会儿后，船长留下一个助手掌舵，自己拎着小冰柜下来给大家发饮料。他递给我一杯啤酒，坐在了我旁边。

"你的小机器人好可爱。"听得出他有美国口音,穿着打扮也是美式风格:短髭黑黑的,皮肤也被晒得黝黑黝黑的,头戴棒球帽,身穿白色背心和牛仔短裤。但他的口音中也夹杂了些其他的味道,说明他在岛上待了不少年头。

"没错,他真的很可爱。谢谢你。他好喜欢鱼。"

"我以前也有个机器人,跟我待在船上。机器人大多对航海不感兴趣。总的来说,你在岛上也见不到多少机器人,这里太热了。"

我严肃地点点头,非常认同。

他也点了点头:"我也没别的意思,只不过说岛上也有机器人,不过他们一般都自顾自地待着。你懂的,都是待在室内勤勤恳恳地干活,不惹麻烦。所以能在这儿见到机器人真是太好了,虽然他有点与众不同。"

"没错。他可能外表看起来跟滚筒烘干机没多大差别,但他的内部构造相当精密。"

"不用解释的,伙计,待人宽容如待己。别太苛刻,已经够好了。"

我十分感激他的善意,也赞美了一番他精巧的玻璃底船和周全又美丽的游览路线。他一边道谢,一边提醒我欣赏一丛明黄色的珊瑚礁和一群火红的小鱼。

"不过恕我直言,一般不会有人带机器人来这里度假。"

我笑了笑:"的确不会。这事儿说来话长,简言之呢,就是他坏了,我带他来找主人。"我给他讲了我和唐交往中的亮点,一直到加藤告诉我们在这里能找到博林杰。然后我告诉他,尽管岛上有人听说过博林杰的名字,但似乎没有人知道在哪里可以找到他。

我一提到博林杰的名字,船长惊呼:"我知道这人!疯老头子一个!成天穿件破衣服,戴个破草帽,打着赤脚。他偶尔来这里买点儿补给。我只在船上见过他，他总是去同一个码头，就在那边。"船长指着岸边较远处一间不起眼的小木板房。"他独来独往，就住在那座岛上。"他指着远处的一个小岛屿，"我看见过别的船载着集装箱去那座岛，把他需要的东西运给他，再把岛上的垃圾和其他不需要的东西带走。"

船长后面说了什么我都没听清，只觉得胃里突然翻江倒海。我站了起来，凝视着那座小岛，又看了看唐，把手放在了他的头上，然后拍了拍他的肩膀。我们到了。

那天晚上，我和唐在酒店房间里叫了客房服务，这样我就不用因为出门而离开他了。我们聊了今天坐船出海的见闻，但我没跟他说我已经约了船长，让他明天带我们去博林杰的岛。唐还没有问过我以后的计划。好几次我都想说，但不知怎的，话到嘴边又咽下了。事后看来，他或许早就知道，只是假装不知，期盼着我能突然改变主意。

在我给唐读酒店房间手册上的地区指南时，有一条内容引起了我的注意。

"这里说，从这些房间能看到'科罗尔岛最美的日落'。唐，要不要看日落？"

唐眯起眼睛眨了眨，显然很紧张。

"唐不是太阳的朋友。"

"好啦，唐，我明白。但是没关系，太阳并不都是坏的。你能原谅它吗？"

"原谅？"

"没错，原谅。你知道它的意思吗？就比如有人做了让你难过的事，或者伤害了你，他们说对不起，然后你们又成为朋友了。不懂吗？"

"唐不……没有原谅过。不懂。"

"我觉得你原谅过，"我告诉他，"我觉得你已经原谅我几百回了，只是你自己不知道。还记得我第一次坐飞机时要把你放在货舱里，惹你不高兴的事吗？"

"是的。"

"后来你就不生我的气了，对吧？"

"对。"

"那你就是原谅我了，不然我们不会还能做朋友。我们是朋友，不是吗？"

"是的。本是唐的朋友。唐喜欢本。"

我哽咽了，不知道说什么好。这个小机器人曾经不理解"为什么"，也不理解什么是"动机"。也从来没有人教过他"原谅"的概念，所以他连自己有没有原谅过他人都搞不清楚。但在他所能理解的所有复杂的人类情感中，他似乎懂得了爱。

我弯下腰，搂着他的小肩膀："走吧，唐，我们去看日落。"

18

詹姆斯

我们航行在下午的海潮中。唐发现又要坐船时，喜出望外。

"玻璃船！玻璃船！玻璃船！"

"这是玻璃底的船，唐。船的其他部分还是木头做的啦。"

"玻璃底？"他觉得这个词很好笑，"玻璃底！玻璃底！玻璃底！"然后像昨天那样趴在了船的玻璃甲板上。

我转向船长："真是抱歉。"

"不要紧，伙计，要我说，他也就是个孩子，而你是个完美的爸爸。"

我的心跳得更厉害了——这是我最不希望听到的赞美。

船很好玩，岛很漂亮，天气很好，我的任务也即将顺利完成了。很快，唐就会回到自己的家。在那里他会被修好，他会过得很开心。但一想到回程没有他的陪伴，我的心情一阵沉重。我第一次问自己："没有唐，我会快乐吗？"答案笼罩在一片阴郁的薄雾中，触不可及却又近在咫尺。或许只有真的离开他才会知道吧。

船长不时喊着唐，提醒他看暗礁，或是路过的黑魆魆的鱼群。每当船长所指的景象映入眼帘时，唐都热烈地回应，又是踢腿，又是尖叫。船长说得对，唐像个孩子。我一直都清楚这一点，但由于我这大半辈子都在逃避自己姐姐的子女，实在是没有跟孩子打交道的经验，也因此从没考虑过让小孩子出现在自己的生命中。所有这一切都加剧了我的痛苦，让我禁不住想起，几个小时后，我的小金属盒子或许就将离开我，自己将独自坐船回帕劳。

我弯下腰，蹲在唐的身边，不顾自己汗湿的身体，跟他一起躺在了凉爽的地板上，和他一起看鱼。

船长让我们在一处小码头下了船。唐不乐意，皱着眉头打量着四周。我本以为等他认出这地方时会很开心的。我以为，他知道在这里自己的汽缸可以被换成好的。我以为在这里他再也不用担心里面的液体用完了，我也终于可以不再提心吊胆了。事实证明，我依旧没把整件事想清楚，只是自以为是地认为事情能顺理成章地走下去。

我们匆匆穿行在大约五十米长的白色沙滩上，唐戴着手帕帽，我戴着巴拿马草帽。突然，我看到远处出现一个身影。阳光太强烈，我眯起眼睛，看到身影在靠近我们，是个男人。我瞥了一眼唐，他直勾勾地盯着前方，停下了脚步，不知为何开始顿足。可能因为站在沙地，免得陷下去吧。

"唐，你认识那人吗？"

"认识。"

"是谁？"

唐不回答，只盯着那个快速靠近我们的人，眉眼更加低垂，爪钩握成了拳头。

"唐，那个男人是谁？"唐还是不说话，随后从牙缝里挤出"八月"两个字。

"唐，我们说过了……"唐瞥了我一眼，眼神像极了艾米。

但我还是不明白："唐，那个男人是谁？"

"八月！八月——八月——八月！"

"好吧，好吧，八月就八月！大不了等他过来，我直接问他。"

他离我们越来越近了，能看出他大概身高一米八三，六十来岁。他戴着一顶草帽，帽檐破得惨不忍睹，否则这身打扮配上他的帆布短裤、白色棉布衬衫和一对赤脚，特别适合在热带海滩度假。不出所料，他也被晒得很黑。他边跑边朝我们挥手，还大声喊着什么，头几遍我没听清，后来越来越清晰了，他是在喊："詹姆斯，哦，我的天哪，我真不敢相信……詹姆斯，我以为再也见不到你了！"

"詹姆斯？"

一到我们面前，那人就跪倒在地，伸出双臂抱住了唐。唐僵硬地站着，双臂垂在两侧。来人不顾唐的冷淡反应，便开始细细打量他，检查每处划痕和凹陷。唐胸前面板上的电工胶带已经破破烂烂了，自然没有逃过他的眼睛。

"詹姆斯，你到底对自己做了什么？"他想把胶带揭下来，但唐用胳膊捂着不让，发出了我从没听过的咆哮声。

"詹姆斯，让我看看好吗？我帮你修修。"

"不。"

"詹姆斯，请……"

"不！"唐一脸怒意，坚决地皱着眉头。场面很尴尬。我不知道唐为什么这么抗拒这个显然很关心他的男人。

"唐，你的汽缸……让他看看吧。"我劝说道，但唐仍然不依不饶地用爪钩捂着面板。

我的话终于引起了这人的注意，他直起身子用力握住了我的手：

"谢谢你帮我找到他。你真不知道我有多担心。请问尊姓大名？"

"本。"我简单地回答，不知该怎么对待这个刚见面就握住我手的人。

"不好意思，不好意思，我应该先自我介绍的，我叫奥古斯特[1]·博林杰。人们都叫我博林杰。"

奥古斯特？八月？

原来唐早就回答我了，只是我一直没领会。

"唐，你怎么不说话？"

唐耸耸肩，摇了摇头。

"唐，你以为我们这些天都在干什么？你知道，我们一直在找能修好你的人。"

唐揪着电工胶带，双眼低垂。他停顿了几秒钟，回答说："度假。"

我一下蒙了。我的确没告诉过他我的计划，我以为他都明白。我也从没想过先问问他，当初为什么离开这里。我突然想到，自己和艾米在一起时，是不是也这样想当然。

其间，博林杰一直在唐身边的沙地上爬来爬去检查他的身体。至少我判断正确了一件事：唐的主人好像的确是不小心弄丢了他。

"八月"这一答案的揭晓多少分散了我对唐破损程度的忧虑，看到博林杰忙碌地检查他的金属身体，我才想起正事儿来。

"拜托你，"我焦急地对博林杰说，"咱们快去阴凉的地方，待在这里对唐不好……他的汽缸坏了，里面的液体快要没了。他已经大病了一场。"我的声音渐渐低了下来，真的不想再重提上个月的焦虑了。

---

[1] 奥古斯特：对应英文为August，在英文中既可指十二月份中的八月，又可用作人名。——译者注

"这边来，"博林杰点了点头，接着说，"快来吧。"他冲着唐说。唐仍然一动不动，然后狠狠瞪了我一眼，随后挺直身子，大步跨过博林杰，沿着海滩自顾自地朝博林杰来时的方向走去。

我迈开步子去追，却被博林杰伸手拦住了："随他吧，过会儿就好了。"我很生气，博林杰竟然来指导我该怎么跟唐打交道。另一边，唐一言不发地沿着海滩兀自丁零当啷地走着，活像个革命领袖。

"走吧，"他说，"咱远远跟着他就好了。咱俩刚好聊聊。"

我点点头，跟着他走。

"首先，你能告诉我为什么叫他唐吗？"

"那不是他的名字吗？你为什么叫他詹姆斯？"

"因为那是他的名字。"

"为什么起名叫詹姆斯？"

"总得有个名，我相信这有助于培养个性。我喜欢詹姆斯这个名字。"

"他刚到我家花园时，只会说'臭臭唐'和'八月'。而且叫他唐时，他会回应。他从没说过自己叫詹姆斯。"

"看来他对你隐瞒了不少事情。"

的确，很多事情唐都没有告诉我，我知道的。但后来我也不再去问了。

"我猜'臭臭唐'和'八月'都是有用的线索，指向最终答案，没想到我把唯一有用的线索忽略了。"

"不用自责，毕竟这事儿太复杂。我会跟你解释的。可否光临寒舍，我为你准备晚餐和床铺。"他伸出胳膊，眯起小眼睛笑了。

我心想，这是最起码的吧。但我没作声。

博林杰的房子非常大，堪称豪宅，但是不知怎么，它恰好完美地隐蔽在暗处，从海滩的角度看过来很难发现。唐自顾自地进门后就失了踪迹。博林杰关了门，带我走向玄关附近的橱柜。

"他在这里。"博林杰说。

"你怎么知道？"

"他以前一生气就钻进这里。"他敲了一下柜门，"詹姆斯？詹姆斯？开门！"

他停顿了一下。

"唐。"从里面传来一个金属的声音。

"你叫詹姆斯，詹姆斯。你不记得了吗？"

"不记得。"

"我就叫你詹姆斯。"

"不。"

"就叫……"

"不！唐！唐——唐——唐——唐——唐！"

我应该已经过了幸灾乐祸的年纪，但我做不到："他会越来越顽固的，博林杰。我建议你随他去吧。"博林杰仔细地打量了我，然后叹了口气。

"好吧，'唐'，既然你非要叫这个名字。"他赌气似的重重地喊了这个名字。看来我不是这里唯一有幼稚病的人。

博林杰继续谈判："你出来跟我们谈谈好吗？出来！"

"不！"

"出来！"

"不！不——不——不——不——不——不！"

"行吧。我们待会儿见。来吧，本，我先带你去房间。"我们留唐待在原地。我们走开后，后面传来咔嗒一声，唐把橱柜打开了一条缝，但还是不出来。

博林杰领我穿过宽敞的大平房，房子内部闪烁着科技的光辉，与窗外的自然美景不甚和谐。看得出来，房子绝不是用当地的建材搭建的。这个人跟锡铁和钢材打了大半辈子交道，连隐居时的房子都带上了过去的烙印。不过我好奇的是，为什么一个隐居的人需要这么大的房，而答案几乎立刻就来了。

"你可能奇怪，我要这么大的空间有何用？的确，到了我这个地步，并不需要这么大的地方，但我在狭小的办公室和实验室里工作了半辈子，以至搬到这里后，我觉得再没什么能阻止我建造梦想中的房子了。于是我就这么做了。当时的确很爽，但现在……最近，我发现它确实太大了，因为唐不在了。不过现在他回来了，多亏了你。"

他领着我穿过一条走廊，在拐角处突然停下。

"这里，"他说。"我想这间是最好的客房，请稍事休息。你先前住哪儿，有没有要洗的衣服？我没有洗衣机械人，从来不买这些。不过我有一台洗衣机，你要不介意，可以洗完等衣服晾干。"

我告诉了他我们住的地方，并解释说我已经退房了，因为打算尽快回家。我对他的诚挚招待表示了感谢，然后不客气地从背包里掏出一捆我认为最脏的衣服递给了他。

与其说这是间客房，不如说是间套房，里面有一个大衣柜，还有一面我前所未见的超大更衣镜。进门右手边摆着黑色皮面沙发，配着搁脚凳，坐在沙发上就能看到窗外绿意盎然的热带植物风景。这是目前为止我住过的最好的旅馆。

而真正引起我注意的还是床，四根帷柱搭配着雪白的亚麻布床上用品，优雅地包裹住我的身躯。当我躺在床上时，感到很困惑。加藤和唐都很生博林杰的气，加州的克里也说他有意粗制滥造。但另一方面，在我接触他的这段时间里，他一直表现得非常有魅力，也很关心唐。这说不通啊，我得再想想。不过先睡上一觉。

19

香槟和艾米

一觉醒来，天已经黑了。这一觉睡得真好，虽然我觉得自己比以前更难过了，但同时我也感觉很轻松。毕竟，这是我一生中第一次有所成就，这一成就救了唐的命……只要博林杰把他的汽缸换掉就万事大吉了。但我觉得心里有些空落落的。据我所知，唐还待在柜子里，我不知该等他自己出来，还是去跟他求情。我甚至不确定我是否还可以在这里这样做。现在博林杰是唐的主人，而我只是个客人。我感到胃里打了结。

为了找点事做，我准备再把包里的衣服收拾一遍。我发现自己一路上都只是从上面的几层拿衣服反复穿，底下的都没动。突然很好奇几周前出发时自己都带了哪些衣服？于是我把包翻了过来，把里面的东西一股脑儿倒在了床上。我看着它们摇了摇头，那是一堆完全不相干的衣服，尤其是那双闪亮的黑色礼服鞋，我连在家都不穿，更别说背包环球旅行了。另一条短裤还算理智一些，但我也好多年没穿过了。要不，现在穿吧。我把短裤翻过来，想看看脏不脏，结果从裤兜里掉出来一个香槟木塞。我放下短裤，皱着眉头拿起软木，凑上去闻了闻，脑海中顿时浮现出年轻时的艾米。

我第一次见到艾米是在布莱妮家的晚宴上。时值英国一年一度的盛夏，医院已经被赤膊袒胸的男人、醉醺醺的脱水的女孩和中暑的秃顶退休人员淹没。布莱妮说要办个"露天派对"，也就是烧烤派对，所以我穿着短裤和与之相配的白色休闲棉衬衫就去了。这次出门，一路上我都穿着那件衬衫，不过当时短裤才是重点。总之，直到我到了那儿都没意识到有什么问题。

　　布莱妮一只手打开门，另一只手里举着一杯香槟。她的穿着很简单，高级的黑裙子和一串妈妈的珍珠项链，但我还是没发现我们着装上的时尚差距。

　　"你迟到了。"

　　"我知道。我收拾了下。"我告诉她。

　　她扬起眉毛："你穿的那是什么衣服？"

　　"什么意思？我穿的短裤呀。"

　　"你为什么穿短裤？"

　　"因为天热，还能因为什么？"

　　"但这是晚宴。"

　　"你明明说是烧烤派对。"

　　"没有，我没说过，我说的是露天派对。"

　　"有区别吗？"

　　"当然。我的天，本，你怎么就不能好好听我的话？"

　　"如果你学机灵点儿，就不会看着这么蠢了。"

　　"真是谢谢你了。"我说。这不是她第一次对我说这种话了，也不会是最后一次。她夸张地叹了口气，还是往边上靠了靠让我进去。我松了一口气，心想过会儿她肯定会让我回家换衣服，就像对待一个犯错的男生。

"我该对其他客人怎么解释呢？"

"告诉他们我误会了你的意思。"

布莱妮皱起圆圆的鼻子，同时挑起一边的眉毛。这解释显然不怎么合她心意。

她领着我来到她宽敞的起居室，这里是"引荐新人"专区，然后她深呼吸了下，介绍道："大家好，这是我的弟弟，本。他完全没明白户外聚会的意思，抱歉了，大家。"然后她笑了，其他人也笑了。哦，对，想起来了！我就是因为这事儿才讨厌死了布莱妮和她的那些朋友的。

但当晚也不是一无是处。在敞开的落地窗旁有个女孩，从我这边看去，她就站在阳光里，但我仍然能看到，她并没有像其他人那样嘲笑我。我当即决定，今晚我就跟她待在一块儿，哪儿也不去了。如果有人非逼我去交际，我就跳进布莱妮和戴夫家的室外恒温游泳池把自己淹死。布莱妮终于放过我了，我径直走向那女孩。

"我是本。"我伸出了我的手。

"我知道。"她握了握我的手。

我一阵兴奋："啊……你怎么知道的？"我尽量保持慵懒而潇洒的语调。

"布莱妮刚才说的。"

噢。

"你是谁？我是问，你叫什么？"

这时布莱妮敲了敲自己的酒杯，全场的欢笑声和愉快的交谈声登时消失了。

"艾米，到这儿来。"

我旁边的女孩微笑着向布莱妮走去。我现在看得更清楚了，她比布莱妮高大概三十厘米，比我矮一点儿，身形苗条（我后来知道，她一直觉得自己挺胖的，因为她曾经特别瘦）。她很漂亮，有一头精心打理过的金发。那时的她与多年后那个圆滑、职业化装扮的艾米十分不一样。

"各位，这是我的新闺蜜，"布莱妮显然有点醉了，否则她不会在一屋子人面前如此放得开，"她是我们今晚的贵宾！"掌声雷动，艾米脸红了。能成为一名律师肯定特别厉害，这似乎是个不错的话题，但我不愿拿它与艾米搭讪。

这位贵宾对大家的热情轻声说了句"谢谢"。

"戴夫，递瓶酒来。"

布莱妮的丈夫满口答应。如果我姐姐想表现得成熟、老练些的话，她会在打开瓶子之前把毛巾放在瓶子上。但在当下，她没有。她想让香槟喷出来。她只轻轻一晃——只有开惯了香槟的老手才有如此娴熟的手法，瓶里的木塞就弹了出来。香槟瞬间喷了出来，正好落入戴夫及时拿来的酒杯里。大家见状都惊呼起来，而我则出人意料地抓住了软木塞。

我说"抓"是因为我想阻挡布莱妮挥舞酒瓶的双手，她差点打到我的乳头。从小她的力气就比我大得多，下手也不知轻重。她就像头犀牛：行事果决，没有废话，肌肉发达。

艾米从戴夫递过来的托盘里端了杯香槟，我没想到的是，她又回到了我身边。

"刚才太尴尬了。"她说。

"我姐就是那样的。对不起。"

"没事儿。她真的很好。虽然她有点太热情了，但我还是很开心。我爸妈并不真正了解律师，所以他们并不在意我。很高兴能在这边被认可。"

"给，"我说，"这是刚才那枚瓶塞……你留着吧，这样就能永远记住那一刻了。我的意思是，你被认可的时刻。"我把软木塞递给她。

"你抓住了这个？"

"呃……是啊，怎么了？"

"还是你拿着吧。要是哪天我心情不好，你就拿出来给我看看，让我想起今天。"

她笑了，我也笑了。我和艾米就是这样认识的。当时我的父母已经去世半年，布莱妮已经走出了悲伤，我却不知道自己为什么还是无动于衷。艾米的事业即将起飞，对此她满怀信心，而我的则突然在几天前停滞了。我的兽医培训主管建议我先"理清头绪"再回来，而我什么也没做。

此时此刻，我站在南太平洋这座人迹罕至的小岛上整理背包，一个令人沮丧的想法击中了我。我手里还拿着软木塞。

没多想，我从口袋里掏出手机打给了布莱妮。我的侄女安娜贝尔接了电话。

"安娜贝尔，你好，我是本。"

"谁是本？"

"本舅舅。"

"哦，你好，本舅舅。"

我听到电话中有些骚动和脚步声，肯定是我姐。然后，我听到嘀咕声"给我"，紧接着布莱妮拿起了电话。

"你到底去哪儿了？！对谁都不说，就这么悄悄走了，我们以为你死了，我们以为你自杀了。我们以为机器人把你杀了。你在哪儿啊？你还好吗？你在家吗……"等一大堆话一下子传了过来。我任由她咆哮了几分钟，一点儿也不介意她朝我大吼大叫，反而挺高兴的，因为她关心我，担心我。

"我很好，布莱妮，一切都好，真的。"

"你在加州吗？"

"没……"

"那你在哪里？"

"你能不能让我说句话。"

她安静了。

"我在密克罗尼西亚。"

"那是哪儿？"

"在太平洋上，我在一座岛上。这事儿一言难尽。我和机器人还有一个叫博林杰的人在一块儿。"我发现自己说了太多令人费解的东西，但没时间解释。

"布莱妮，你听我说，我现在没工夫解释。我一会儿会再打给你，我保证回家后去看你。但现在……"我停顿了一下，对接下来的答案又期待又害怕，"艾米还在吗？"

"是的，但是……"

"拜托，布莱妮，我能跟她谈谈吗？"

"我不确定这是否对你们两个都有好处。现在不是时候，本。"

那边顿了一下："等等。"

我听到电话被放到一边，布莱妮的脚步声渐渐退去，过了一会儿，响起一阵更轻的脚步声。艾米拿起了话筒。

"本？"她的声音小心翼翼的。

"艾米，听到你的声音真是太好了。"

"本，过了这么久了……你怎么不早点打来？大家都很担心你。"

"大家？"

"对，所有人。你现在在哪儿？"

"在太平洋的一座岛上，但是，听我说，我打电话来不是要说这个……"

"你会回来过圣诞吗？"她的声音变得越来越自信了。这才是艾米——我的艾米。

"我不确定。对，可能会，但听我说……这段时间我总是在想你，我要道歉，分手的很大一部分原因在我。过去我不知道自己错在哪儿，但现在我知道了。我知道了过去你是怎么看待我的，我知道和我生活在一起多么令人沮丧。你能原谅我吗？原谅我好不好？"

我停下来等她回答，但她不说话。

"艾米？你还在听电话吗？"

"是的，本，我也很抱歉。我当然原谅你……我也不是很好相处，我也没有尽我所能考虑你的感受。"

"那我们没事了吗？我们可以和好吗，艾米？"

还是一阵沉默，我突然知道她要说什么了。

"本……我认识了一个人。"听到这里，我的胃好像一下子空了，虽然我早有心理准备。

"哦。这人我认识吗？"

"是戴夫的朋友，他们都是剑桥的。别说'剑桥和牛津出来的人怎么能好相处？'"她咯咯地笑了，但还是难掩紧张，"他是个外科医生，其实他现在就在这里。"

他肯定在那里，我想。

"嗯，我替你高兴，艾米，真的。"看来她终于遇到了心仪的男人，而不是像我这样纸上谈兵的人。听艾米的描述，这人是个实干家。

"谢谢你，"她平静地说，"本，我们还能做朋友吗？"

我回想起几个星期前自己对唐说的话，当时我下定决心再也不要见这帮人了。我受了伤，还喝醉了，但主要是受了伤。当时的每个字都是认真的。然后我想起了和唐一起度过的所有时光，以及我现在对他的感受，还有我对自己的感受。

"当然可以，艾米……当然。"我发自内心地说，但眼泪再也停不下来了。

20

"官方解密"

挂断好一会儿后，我一直怔怔地盯着电话，长久地坐在床边。走廊里传来丁零当啷的声音，紧接着唐就到了我的房间。

"现在不生本的气了。"

我擦了擦眼睛："谢谢你，唐，我真高兴。"

他走到我旁边，盯着我的脸："本的脸湿了。"

"是的，唐，我的脸湿了。"

"本像小狗一样漏水了。本故障了吗？本坏了吗？"

"我没坏，唐，别担心。好吧，也许我是坏了，但我会好的。"

"唐会修吗？"

我笑了笑："不会，没人知道怎么修，不过还是谢谢你。"

"本怎么坏了的？"

"应该问'怎么坏的'。我刚和艾米通了电话，也许……嗯，我以为她会回来和我一起生活，但她爱上了别人。已经来不及了。"

"艾米为什么不爱本了？"

我用手抚上唐的方脑袋："这种事情很复杂，唐。简单地讲吧，我不适合她。我没法使她高兴。"

唐似乎很着急，交替地踏着两只脚，耷拉着眼皮，仰头看着我："唐不明白。"

"没关系，你不必明白。等我回家后，家里会很空，再没有艾米……也没有你。"我的眼里又噙满了泪水。

"没有……我？"唐皱着眉头问，至少在我看来他是皱着眉头的。机器人的身体或许没法做出一些特定的表情，但我有时会这样脑补，可能只是自作多情。

博林杰敲了敲门："本？抱歉来打扰你，兄弟。我就是来告诉你，晚餐十五分钟后就好了。"

我赶紧揉了揉眼睛："呃……谢谢。我马上来。"

博林杰光着脚轻轻地穿过走廊离开了。

"唐可以待在这里吗？"小机器人问我。

"当然可以。我等会儿先去吃点儿东西，再跟博林杰聊聊天，等我回来咱俩可以说会儿话。"

尽管我很难过，但一想到有家常菜吃，还是从床上站了起来。博林杰家的走廊铺着地砖，冷冰冰的。这里的门一扇接一扇，门的后面还是门。每打开一扇门，你要么看到房间中央摆着一台摩托车发动机，下面铺着油布，要么空荡荡的房间里就只摆着时髦大书柜，书柜上堆满了书。我还经过了一扇虚掩着的门，往里瞥了一眼就立马后悔了，里面的地板上摆着一副与躯体分离的金属腿，我不禁起了一身鸡皮疙瘩。这显然是针对某种机器人而设计的，但从未使用过，因为房间里满是灰尘。

最后我终于到了餐厅。不过，要不是长长的餐桌上摆着玻璃烛台，这儿更像一间高级游戏室。我不禁幻想，没准儿博林杰按个按钮，桌子上方就会升起轮盘赌，没准儿他是个隐姓埋名的小岛赌博团伙的老板。然而我想多了，桌子没有升起来。博林杰只是爱收集乱七八糟的东西罢了，而且只有三分钟热度，对新奇玩意儿喜新厌旧。这么说起来，博林杰跟我也差不多。不过，博林杰搅乱了两个朋友（唐和加藤）的心情，所以他还需要成长。

正当我研究这张桌子时，博林杰拿着两个精致的大酒杯走了进来，身上穿着乐酷彩[1]的海军蓝围裙，肩上挂着茶巾。他看到我时，不禁又把我打量了一番。

"你没事吧，孩子？你看起来很沮丧。"

我告诉他自己很好。

"我们今天吃鸡。"他换了个话题。

"好的，一定很美味。"

"我的库存最多只够招待一人，所以这道菜已经是我能力范围里最好的了。"

他示意我落座，随后从桌上拿起斟酒器，往一只看起来很贵的高脚杯里倒了半杯红酒。然后他走了出去，回来时端着两碗热腾腾的食物。正如他所说，食物是拌着某种酱汁的鸡肉，上面撒着一种青豆。他坐下来，示意我开吃。

我们俩都不知道该怎么开口说自己想说的事情，也不知道该怎么接话。毕竟谁也没有试过去问一位著名的工程师，他的机器人怎么会跑掉，然后还得解释自己怎么会突然在他的岛上冒出来。于是，我们俩都默契地保持着沉默，安静吃饭。博林杰先我一步吃完，他搁下刀叉，长叹了一口气，然后开口说话了。

---

[1]　乐酷彩: Le Creuset，法国厨具品牌，中文叫"乐酷彩"。——译者注

"我猜，加藤是不是跟你说过什么？你是从加藤那儿过来的吧？"

"是的，他告诉过我一些事情，但没全说。"

"他一个字都不该说的。"说这句话的时候，博林杰的声音突然变得冷酷起来，头一次让我感到有些不安。

我想为加藤辩护几句："他没跟我说多少。他告诉我，你和他一起为东亚人工智能公司工作。后来出了一起事故，项目就被关停了，每个人都拿到了一大笔遣散费。他就说了这么多。"

博林杰点了点头："这老加藤可真行。"语气中满是讽刺。

"我不明白。为什么加藤和唐都在生你的气，博林杰？"

"我亲爱的孩子，你真的想知道吗？相信我，你还是不知道的好。"

"你也知道，除非我能确定唐会在这儿过得开心，否则我不会走的。"

他盯着我看了许久，但我很坚持："博林杰，要是你想让我把唐留在这里，必须告诉我事情的原委。"

"那随你，"他站起来说，"我得再来瓶酒，这将是一个漫长的夜晚。"

"我来这座岛上时，把什么都带上了，"博林杰开始说，"按说在当时的情况下，应该轻装简行的，但我什么都不想落下——连我的旧笔记本也不例外。多年来，我一直从各种项目中收集钢板、铝板，还有钛合金和凯夫拉纤维，再把它们从实验室里偷运出来。这些我都带上了。

"我需要时间思考。但管理一座房子很烦琐，哪怕是一座新房子。我需要一个助手，所以我拿出所有偷出来的钢材拼了个机器人。真的是拼凑出来的，你也这么觉得吧。"

"嗯。"

我回想起克里和加藤对唐的评价——匆忙诞生的产物。博林杰自己也承认了。

我问："破掉的汽缸，你修好了吗？"

他挥了挥手，把这个问题一下带过。

"别担心，本。他只需要一个新的汽缸和填充液。唐只要知道零件放在哪里，自己就能解决这个问题。他应该知道。然后，我做的机器人……"

我经历漫长而艰辛的旅程努力想完成的事情，在他眼中竟如此轻而易举，就像换掉一枚电池或是接壶水那么简单？！

我张张嘴想说话，但他没给我机会："他算不上我最得意的作品。你真该看看我巅峰时期的设计，那才叫顶呱呱，虽然我自己这么说显得有点儿……"

然后我突然想起："等等，你刚才说唐是钢做的？"

"是呀，怎么了？"

"这小骗子，他说自己是铝制的。"

博林杰笑了："这么说，他都学会撒谎啦？"他的脸和声音都流露着骄傲。

他说得一点儿不错——唐一直在学习，而且是向我学的，说明这坏东西是从我身上而来的。

"我发现他的声音也变了，"博林杰说，"我原本给他做的发声机理很基础，但不知为什么，这一机理进步了。他一定是学会了聆听和分析环境音的特质，并把它们结合了起来。"

的确，刚开始遇到唐时，他的声音完全是电音，也因此让人感觉是件学生作品。但现在……现在他的声音可以高低变化，音调也有了细微的差别，原本金属般的生硬已经消去了大半。

我很想知道所有这些进化是怎么发生的。

"博林杰，唐怎么会有情感？如果他只是用一些零碎的旧钢材拼出来的，他怎么会这么……呃……像人类？"

"他并不完全是拿废料拼凑的。哦，他的外壳是这样的，可那是因为当时赶时间，几个小时内就得凑出一副壳子。不过他身体内部的零件全是我在……那场事故之前造的，而且还装上了我唯一保存下来的芯片，所以他才如此特别。正是这枚芯片让唐能够持续学习，还能运转得这么优秀。那枚芯片就在唐的体内。"

我没看错，唐的确很特别。他是独一无二的。

"你说的这种芯片跟机场检查的那种不一样吧？"

"没错，亲爱的本。这枚芯片非常不寻常。不过，我没给他装过机场的那种，压根儿就没必要装嘛。"

"等等，不对啊，他在美国机场时告诉工作人员，说自己有那样的芯片。而且工作人员还对他进行了全身扫描，还放行了。怎么可能没有那种芯片？"

博林杰再次骄傲起来："那我就不清楚了。既然他已经学会了说谎，或许也学会了给自己装个假芯片，以达到某种目的。"

"这似乎不太可能。"

"怎么不可能，你不觉得他很聪明吗？"

"不，博林杰，我不是指这个。我只是不认为他那么会……嗯……算计。在得出一个结论之前，他必须了解各种人类情感，包括因果关系和动机。他到现在还无法完全理解'为什么'，他就像个孩子。"

"你没带过孩子吧？"

这个问题激起了我的负罪感，因为在我的外甥和外甥女出生的时候，我刻意忽视了他们。此刻，我觉得自己被羞辱了："没有，确实没。难道你有？"

"问得好，答案是没有，我没有孩子。但不难知道，一个打碎花瓶后害怕父母责备的孩子会假装花瓶不是自己打破的。"

我想起了唐曾在休斯敦博物馆打破了莉齐的模型。尽管不想承认，但博林杰是对的，唐确实是越来越有本事达到自己的目的了。该死，他都能独自穿越半个地球了，我尚且办不到呢。我暗下决心要在离开前让他告诉我真相，但现在博林杰的真相更迫切。

"我扯远了。请继续说你的故事，刚说到了你的技术。"

"是的。我们的技术致力于用无机复合物改善人类生活。我们今天在房子周围或其他地方看到的机器人都比不上我们做的东西。我们那时试图研究一种具有坚固外壳，譬如钛金属外骨骼等，同时内部又具有自我学习能力的物件。它们既有生命，又没有。它们的内部构造十分接近人的大脑。当然，它们不是人类，但是会学习。它们会有肌肉记忆和疼痛反射，会成长和变化。"

"那他们会被用来做什么事情，这些'物件'？"

"我们的终极目标是让它们能胜任所有事情，从清除地雷到长时间操作医疗手术，甚至上战场前线打仗。"

"你觉得应该赋予他们感知疼痛的能力？奥古斯特，那真是……"

"我知道你要说什么，你错了！你要跟我扯道德之类的鬼东西，但那不是重点。"

"那什么是重点？"

"只有越接近人类，它们才能更好地从事人类的工作。它们生而为机器人，就意味着我们不必在乎它们的感受！"

我瞠目结舌。

"你们要让这些有学习能力、心智差不多相当于孩童的机器人，或者叫机械人，无所谓了，去从事成年人的工作，还期望他们能应付得来？你们觉得他们会学到什么？你们教他们的只有如何伤害别人和被人伤害。你们想知道为什么会出事故吗？你们有没有静下来想过自己在做什么？"

"想过，我可以向你保证，很多人想过。但他们全都签了就职合同和保密协议。他们别无选择，只能继续下去，直到事故发生。"

"到底发生了什么事？"

"一天晚上，它们根据指令执行射击任务……"

"天哪，博林杰……"

"别插嘴，听我说。在执行射击指令时，有一个机器人出了故障，不小心开枪射中了另一个。被打中的那个生气了，杀了开枪的那个，之后就全乱套了。它们杀死了当天所有值夜班的工程师。其间，有个机器人射中了一条燃气管道，整个试验场爆炸了，彻底被烧毁。"

"我的天。"

"顺便提一句，加藤当时上白班，所以事故发生时不在现场。我很欣慰，我一向觉得他很有潜力。"

"你是怎么活下来的？听你的描述，你就在现场，所以你怎么逃出来的？"

博林杰沉吟片刻，接着说道："当时我接到命令，要我阻止它们，于是我就执行了命令。"

"什么意思？"

"阻止它们最好和最快的方法是控制它们，而控制它们的最好办法是锁门。"

"你就看着他们活活被烧死？"

"别无选择。"

21

机智唐

过了整整一分钟后我才开口说话。

"加藤说得对,"最后我说,"这是懦夫的行为……不可原谅。"

博林杰的脸上乌云密布,我发表了我的判决,准备起身离开,却看到他眉头紧皱,对我怒目而视。我吓坏了。

"行了,"我说,"我们要走了。"

"恐怕我不能让你们走了。"

"博林杰,这事没得商量,你必须让我们离开。"

"抱歉了,本,恐怕我不能这样做。"他颤抖的声音令人恐惧,但我没有理会他的话,急忙走出了餐厅,心怦怦直跳。唐哐啷哐啷地沿着走廊来找我。我握住了他的手,感觉挺凉的,而且他的眼睛亮了起来。这两种感觉一叠加,我便猜到他的汽缸修好了。我赶紧把他拉回客房,匆匆地把东西塞进背包。我有一半衣服还放在博林杰的洗衣机里。

"本?我们要走了吗?"

"是的,唐,我们要走了,现在就走。你走得越快越好,记住,千万不要松开我的手。"

唐的脸上出现了大大的微笑，不停跳着脚。

我们绕回走廊，结果看到博林杰正守在出口处。

我抓着背包朝前门冲去。我刚抓住门把手，金属螺栓发出了响声，门被锁上了。我们回头看向博林杰。他笑了，然后伸出了一只手，手里抓着一只小盒子。

"遥控锁，"他告诉我们，"懒人必备。只需轻轻一按，这座房子里所有通往外部的门都会被锁死，窗户也不例外。一个老人独自生活，难免需要点安全措施，你们没意见吧。哦，对了，我要是你，一定不会去碰门，否则……你一定会被吓坏的。"

我低头看向唐，他回头看了看我，他的爪钩在颤抖，紧紧地缠绕在我的手上，抓得我有点疼。

"博林杰，别犯傻，开门。"

"你们哪儿也别想去。"他应声道，"何不跟我回客厅舒服地待着？你的换洗衣服都还没收拾好呢，本。"

当我们回到客厅时，我想着要设法让他继续说话，争取时间思考出路。我真的想知道他为什么不让我们离开，于是我就这样问了。

他的回答很简单："因为你知道唐的秘密，也就是我的秘密。你知道了我的技术。我不能让你告诉其他人，也不允许其他人找到唐。我的技术必须留在我这里，听明白了吗？"

我这才惊恐地意识到，这个老人参与的那场实验室大屠杀远比他透露的更为复杂。

"天哪，我知道了，博林杰！输气管道不是被机器人打中的，而是你！你并不是别无选择地看着每个人死去，而是故意杀了他们。你应该去蹲监狱！"

博林杰发出狂笑："当局可不敢把我丢进监狱……他们哪敢惹

我！他们怕我还来不及呢。不过他们迟早会明白，我的技术是人人觊觎的宝贝。"

我盯着这个老人那苍白又毛茸茸的手臂和额头上的发白眉毛，几乎不能相信我所听到的话。

我尽力劝说他。

"博林杰，我压根儿不在乎唐是用什么做的，也不关心你的技术。我只是想带我的朋友一起回家，仅此而已。"

老人使劲摇了摇头。

"我冒不起这险。而且，我需要芯片。没有它，我没法做出新的芯片。唐本应该留在这里，直到达到令人满意的智力水平。但现在它和你越来越亲密，已经达到了我所需要的水平。所以，现在我可以取回芯片，再多做些类似的机械人了。新的机械人只会比唐更好。这才是我的计划。"

"但那样做等于杀了他，不是吗？"

"本，它是一个机器人。别那么多愁善感。"

"你在开玩笑，你一定是在开玩笑。"

唐紧紧抓住我的手。

"谁有那工夫跟你开玩笑。"

我低头看看我的小朋友，他现在害怕极了："本和唐被锁在家里，本千万不要碰电动门。"

"乖乖听机器人的话哟，本。它可什么都知道，对吧，唐？我的技术想要离开我，就是这个下场。"

"是的，"唐回答，"唐知道。唐要走，因为奥古斯特要用唐做机械人。唐不想，机械人危险，奥古斯特危险。唐想要生命。唐知道奥古斯特要利用自己，所以唐离开了。"

"你有生命，你个蠢盒子。你的命是我给的！"

"你住嘴！不许对他这样讲话！"我冲博林杰吼道，当时完全被激怒了。我很想打他，但害怕这老头还有什么暗器能伤人，"他是说他想要生活，要过自己的生活。"

我开始在房间里来回踱步，想知道有没有窗户开着。突然，博林杰向我冲来。他从后面抓住了我，但我迅速转过身，推开了他。我对自己的反应速度感到惊讶。然后，博林杰像一头愤怒的公牛一样再次朝我冲了过来。我判断他要打我，下意识地往边上一躲，博林杰由于惯性，一个踉跄就撞向了客厅门。客厅门同外面的门一样都被锁上了。刹那间，一道闪电划过，随即一声巨响，冷气和电灯同时断电了。

有好一阵子，我吓得动弹不得。过了一会儿，发电机启动的声音传来，电灯又亮了。

博林杰躺在我们面前的地板上一动不动。遥控器就在他身边，被砸成了碎片。我用脚踢了踢他的脚，结果毫无反应。我又跪下来戳了戳他。

"我的天，唐……他好像死了。"

唐开始丁零当啷地朝门走去。

"唐，回来！我们得报警。天啊，我肯定要在某座荒岛上的监狱里孤独终老了。唐，我们得找人来帮忙。

"不。"

"'不'是什么意思？"

"不管他。"

"唐，我们不能丢下他不管。"我从口袋里掏出手机。

唐返回我身边，把爪钩搭在我的手腕上："不要手机。没事的，没有死。"

"什么？"

他拿爪钩指着博林杰："睡觉，醒来，困惑，然后没事了。电没那么危险，只是有点儿痛。"

"你怎么知道的？"

唐耸耸肩："以前发生过。奥古斯特忘记锁门，想出去，砰。"

我仔细看了看这个老人的胸口，果然在呼吸："他可真是个疯子，对吧？"

"是的，"唐说，然后把一只爪钩举到脑袋一侧转了一圈，"疯。"

"可是还有一个问题，唐。"

"什么？"

"我们出不去。"

"本不要怕。"

"我不怕，唐。"我坐了下来，双手抱头，感觉糟糕透顶。是我非要把唐带回这里的，"真对不起，唐。"

"原谅本，本不知道。本只看到未来美好。"

"我错了，对吧？你并不想来的。"

"唐不想来，但本没有错，本是对的。要是本没有带唐来这里，冷却罐还是坏的，唐会停转。现在我和本一起走，而且不会停转，我很高兴。"

我蹲下来抱住他，但随即想起了他生病时自己做的决定。

"哦，天哪，唐，万一你的汽缸又破了呢？我该怎么办？我明知道自己帮不了你，怎么能把你带走？"

"不，本，别丢下我。我们一起走！"他的声音听起来充满恐惧，使劲用爪钩抓着我的手臂。

我看着他的大眼睛："但你离开这里会有生命危险的。"

"是的。但会有自由和本，不是关在房子和奥古斯特一起。而且……"

他咧开嘴，朝我露出大大的笑脸。然后，他揭下胶带，打开了面板，里面的台子上摆着两只空缸子。

"奥古斯特没修，"他告诉我，"我自己修的，坐在橱柜里的时候。简单，把破的缸子拿出来，把液体倒进没破的缸子，放进去，关上面板。"

"液体是厨房里的油，黄色的油。"他看我一脸蒙，补充道。

"你是说，你的冷却剂一直就是食用油？"我盯着他看，"食用油怎么会有用呢？"

他耸耸肩。

"也就是说，你早就知道油就是冷却剂？"我问。

但他摇了摇头："知道重要，知道它是什么，但不知道做什么用。在酒店生病的时候听人说了才知道，以前不知道。"

我合上他的面板，紧紧抱住了他，终于如释重负地流下了眼泪。眼泪吧嗒吧嗒地打在唐的身上，我感觉到他把一只爪钩放在了我的背上。

我用手把脸上的眼泪擦干，然后沮丧地笑着说："虽然这么说很扫兴，但是，唐，我们被困在这里了。"

"没有。"

"是的，唐，我们被困在这里了。"

"唐说了，本不必怕。唐离开过这里，唐和本可以再离开。"我看着唐，他的脸很平静。

"唐有计划。"

"但门窗……"

唐摇摇头："不是门窗，面板。"

"面板？"

"面板。"

"唐，你之前就是这样离开岛的？"当他牵着我的手来到门旁边的橱柜前时，我问道。

"是的，垃圾船，你会看到的。"

"我没明白。"

"奥古斯特没想到垃圾船。奥古斯特把垃圾倒进垃圾箱，然后垃圾就没了，就像变魔术一样。他没想过垃圾怎么变没的，但是唐知道。"

"你的意思是说，博林杰这里产生的废物都扔在地下室，然后会有一艘船过来运走？"

"是的，不好闻，但是条很好的出路。"

"那我们就坐在大垃圾箱里等着船来救我们咯？"我尽量让自己的语气兴奋一些，但是徒劳无功。

"是的。太阳升起时，船就来了，不会等很久。本和唐幸运。"

他打开橱柜，指着一个面板，上面有操作手柄。然后，他笑了。

"面板。"

"这里真的很臭，唐。"我一边等船一边说，我的屁股就坐在一堆香蕉皮、旧英文报纸、鸡骨头和生锈的金属螺丝钉上。

"臭臭的气味，臭臭的唐。"

"臭臭的唐？"

"是的。"他冲我笑了。

"你用这种糟糕的经历给自己起名？"

"不，我逃走了，所以才会臭臭的。我自由了，所以叫这个名字。"我感动得无以复加，只知道紧紧搂住他的小金属肩膀。

"你知道博林杰醒来后发现我们不见了会非常生气吗？"

"知道。"他说。

"他会来追我们吗？"

"不会。"

"你怎么知道？"

"不知道。但他以前没来找唐，所以这次也不会来。"

这倒是说得通，我还是信他吧。毕竟一想到又老又顽固的博林杰满世界地追捕我，一直找到哈雷温特南，就让人不寒而栗。

"你说得对。不过，你还是觉得我们不用打电话求救吗？"

"不用。"

我们在黑暗中静静地坐了一会儿，然后我想起了一件事："唐，你明明没有普通的机械人芯片，为什么在机场时说自己有？"

"唐有芯片。"

"博林杰说你没有。"

"是的。"

"是什么？"

"他不知道唐有芯片。我在去本家的船上发现了机械人的芯片，借来的。"

"你给自己装了芯片？"

"是的。摸到圆形，推进去。"他指着当时机场安检员扫描的地方。果然，一颗米粒大小的金属粒楔在一枚摇摇欲坠的铆钉下面。这小机器人破成这样，不仔细看还真发现不了。

"你知道它坏了吗？"

"也许。想着也许有用，也许没用。不管怎样先借来。"

"你怎么知道那是什么？"

"看到机械人有芯片。"他耸耸肩，好像这再简单不过。

"好样的。"因为想要一个更聪明的回答，于是我夸奖了他。"那么，告诉我，你怎么会来我家花园？你上船后发生了什么事？"

"到了一个很大的有碎东西的地方。脏，更臭的唐。"

"然后呢？"

"藏在盒子里，大金属盒子。黑了很久，盒子打开了。藏在其他盒子后面，人搬箱子，离开，上了火车。"

"你知道你在哪里吗？"

"下火车，在机场，我们去过那个地方。"他看着我。

"希思罗机场？"

"是的。上公共汽车，看到漂亮的房子，没有机械人，下车。门是开着的，往里看，看见马，一棵树。坐在树下，本把我摔倒了。"

我笑了，记得第一次和他说话时，我害他吓了一跳。"你的意思是说，你到了一个从科罗尔岛开往英国某个地方的集装箱船上，然后就一直待在那里直到它停靠吗？不会无聊吗？"

"待机，设置为光照感应。"

"你是说，你一路上都在睡觉，但当他们打开容器时，你就重启了自己？好聪明啊，唐。"

"是的。"

"你选了我的房子，因为你从公交车上看见我家没有任何机械人，觉得很不错？"

"是的。"

"好家伙，可真行！"唐又耸耸肩，仿佛早已习以为常。但对我来说，还是深深地被震惊了。唐毕竟是个机器人，虽然有自我意识，但旅程对于他总归不过是一系列合乎逻辑的事件。要是他到我家那会儿，我和艾米都不在家，可能唐很快就走了。

"还有马。"唐说，打断了我的思绪。

"马？"

"是的。从本的花园里看马。"

"为什么呢？马有什么稀奇的？"

唐又在我身后耸了耸肩："唐没见过马。马跑，马看起来自由，看起来开心。看它们我开心。"

我们沉默地坐了一会儿，然后我问他："唐？我想问问你，我一开始先主动和你说话，然后把你带回了我家，是不是做对了？"

"对。"

"那时候，你还打算继续走吗？"

"也许。但是我找到了本。我爱本。"

22

回家

　　唐说对了，第二天早上，收垃圾的船来了。上次逃跑时，唐躲起来没被发现，但这次我们俩在一起目标太大，无处可躲。我本想不如就听天由命吧。万万没想到，船员们也早觉得博林杰是个疯子，加上我给他们塞了一大笔钱，他们把我们安全地送到了机场，还答应下次收垃圾的时候替我看看博林杰还活着没。

　　回程的飞机跟来时那架很像。漫长的旅程结束了，我们要回家了。

　　返程一"帆"风顺，或者说一路顺"风"。作为奖励，我给唐和自己都买了头等舱。

　　正如我告诉艾米的，我们赶在圣诞节前到了家。唐抢在我前面开了门，然后高兴地径直走到侧门，到后花园去看那些马了。另一方面，我感到有点不安，这房子似乎有点不同。我多少有些盼望能看到父亲在厨房里给我们做培根三明治，母亲则在喊布莱妮把散在客厅的课本收拾好，而布莱妮一定在追我们家那只老猫，它又抓沙发了。

　　我以为回家后会看到门缝下面塞满信件和包裹，结果它们都整齐地堆放在大厅的桌子上，还有我在日本买的礼物。

"布莱妮肯定来过。"我心想。

信件的顶上有一张明信片，正面是莉齐·卡兹所在的太空博物馆的图片，背面写着：

> 本，你知道吧，我很生气。你怎么能跟加藤在私底下谈论我？他说我可以让新买的机械人揍你一顿，哼哼！爱你的，莉齐。×××[1]
>
> 附：别拿自己当外人，一定要来我们家做客。
>
> 另附：加藤说，你跟他吃饭时，也对他提过兽医的事情。加油吧，钱伯斯。

"有机会一定去，"我对着明信片喃喃自语，"我已经绕了半个地球了。"但我还挺享受这种被强迫的感觉，跟艾米生活的时候，她也总这样强迫我，我却一直忽略。新年到了，我也该重新开始了。

我为加藤的雷厉风行鼓了掌，然后走进厨房，用磁铁把明信片固定在了冰箱上。磁铁上有个纸糊的伦敦塔，那是我侄子做的。看着那张明信片，我有点沾沾自喜，毕竟是我把他们重新撮合在一起的。不过，同时我心中也有点难过，因为我没机会和艾米再续前缘了。反正现在看来是没希望了，她已经找到了理想的伴侣。

"要不试试网恋？"我自言自语。我用从希思罗机场拿回来的牛奶冲了杯茶（英国人就是这样的），随后伸手去餐具抽屉里摸茶匙，结果发现结婚戒指在里面。我的手在戒指上方踌躇了一会儿，然后拿起它，把它放在了装有我的护照和出生证明的盒子里。虽然用不

---

[1] 西方在信件结尾写×××，表示亲吻。——译者注

到它了，但不知何故，我不想把它丢掉。

喝了几口茶后，我不禁悲从中来，于是打电话给姐姐。

"我回来了。"我轻声宣布。

"你回哪儿了？"布莱妮问。

不得不说，她的反应令我有些失望："家里……哈雷温特南，还能回哪儿？"

"哦，好啊，终于回来了。"

"谢谢你替我把信件整理好。"

"不是我整理的，你走之后一直是艾米在照看房子，她很担心你。"

"真的吗？"

"当然了，我们都很担心你。你就那样凭空消失了，不要再这样了。"

"我不会了。"

"那么，既然回来了，你可以来我这边过圣诞。"

"哦……好啊……艾米会去吗？"

"当然会来，和……"她及时刹住。

"你说，到时候会不会尴尬？"

"只要你别表现得跟小孩似的就行，你能做到吧？"

"应该应付得了。"

"好。那什么，我先挂了，还有一堆活儿要忙。圣诞节见，好吧？一点钟到我家。"

"行。"

我还没说完她就挂了。几秒钟后，我又拨了回去："我只是突然想了起来，我能带上唐吗？"

"那个机器人？"

"对……那个机器人。"

"他跟着你一起回来了？"

"是的，他现在已经修好了。我可以带上他吗？"

布莱妮沉吟片刻："嗯，好吧……可他为什么要来？他不能待在家里吗？"

"不行的，布莱妮，他……他和一般的机器人不一样。他不会惹人厌的，我保证。"虽然这个承诺无济于事，因为我一点儿也不知道唐会不会惹麻烦，但是这样说一下总归好点儿。

"那好吧，既然你这么保证了。我想他一定很特别，否则你也不会问的。"

"没错。"

"希望你能告诉我们这段时间去了哪里。"

"会的，我会把所有经过都告诉你们，不过我不保证你们会相信我说的。"

"说不好，要是香槟管够，我保不准会信你。你知道的，我爱香槟。"

我笑了。

"本，"她说，"我很高兴你打电话回来。我想你，我本该早点说的，你走后我觉得心里空落落的。不管你怎么想，我真的为你感到骄傲。你做事的方式跟我不同，但你坚持了自己的想法。艾米离开后，你本可以把自己束缚起来，自怨自艾，但你没有那么做，而是去旅行了。这么做需要勇气。"

"布莱妮，你已经醉了吗？"

"大概有一点儿，"她笑了，"但这不会改变任何事情，我仍然为你感到骄傲。"

"谢谢你，布莱妮，这番话对我很重要。"

回家后没过几天，英国下起了冬天的第一场雪。这天清晨醒来，整个哈雷温特南银装素裹，天空蔚蓝如洗。我穿好衣服，赶紧去楼下柜子里找出雨靴，把里面的蜘蛛赶走后穿上，开始喊唐："唐，快来，快看！"

他早早就看到了。他把脸和爪钩紧紧贴在落地窗上，凝视着屋外的花园和围场，那里积着厚厚的白雪。

"马……去哪儿了？"

我望向围场，果然，马不在了。

"它们可能在里面，唐。外面很冷，马也觉得冷。"

"冷？"他沉思着，"我喜欢冷吗？"

我想了一会儿："相比起炎热，你可能更喜欢冷。不过保险起见，还是不能让你冻着。"想想如果让唐穿着衣服四处走动，不免怪怪的，但他要是体温过低就不好了，我怕他生锈。他至少得戴顶帽子，再穿双靴子。

"待在这里别动。"我告诉他，随后走回房间。我把被子从床上扯了下来，然后开始在卧室里找胶带，使劲回想把它放哪儿了。最后发现胶带在我的内衣柜里，跟几双袜子裹在一起。我不假思索就又去了客房，从床上取下枕头，然后把所有的东西都拿下了楼，又从厨房里拿了两只塑料袋。

"行了，来。"我用羽绒被把唐裹了起来，又用电工胶带缠了好几圈。

唐朝我眨了眨眼，想动一动："本……胳膊……动不了。"我停下手里的活儿，去书桌上找了把剪刀。

只犹豫了一秒，我就挥舞着剪刀在羽绒被上剪出了两个大洞，好让唐把手臂伸出来。管他呢，反正我家又不会来客人。

同样，枕头上也被挖出了个又深又宽的大洞，好放下唐的脚。

"唐，请把脚抬起来，好吗？"

他照做了，虽然表情不置可否。我依次把枕头放在他的脚上，然后拿塑料袋包在上面。完工了，唐现在活像一个立在羊和金属香肠卷中间的十字架。

"不好看吗？"唐问。

"没有，挺好的，别担心。不管怎么说，保暖最重要，哪怕看着滑稽点也比冻生病了强。"

但是还有个问题，他的头还没做保护。我从厨房的抽屉里翻出一个茶壶包拿给唐。我敢肯定，父母在世的时候，我们家是整个镇上唯一一个用茶壶包的。那是我奶奶给他们做的，因为我母亲抱怨说找不到合适的东西装我们家的大茶壶。我很高兴它又派上了用场。

茶壶包完美地裹住了唐的方脑袋，只有壶嘴和把手两处的口子不太对劲儿，但我灵机一动调整了一下，两只口子刚好能让唐的耳朵露出来，简直像是为他量身定做的。我站起来打量他，虽然看着有点可笑，但我没告诉他。

"走吧，唐，我们去雪地里玩。"

"为什么？"

"因为很好玩。"

"为什么？"

"去了就知道了，相信我好吗？"我拉开门，走到外面，差点在门外的台子上滑倒，因为室温高，这里的雪有些融化了。

"小心点儿，唐，很滑。"

"滑？"

"呃……滑倒，就是说你得很小心地走，否则可能会摔倒。"我牵住他的爪钩，带他走到外面。

"为什么有趣？"

"嗯，现在还不有趣，等会儿就很好玩了。"

"什么时候？"

"很快。"

事情比我想象的要难搞。我本以为唐会把门一开，肚皮朝下扑到雪地里，砸出一个人形。看来今天是看不到这一幕了。

我们从屋外的平台下到草地上。唐瞬间感到寒意穿透枕头，传遍了全身。

"啊……冷啊……"他看着我，一脸困惑不解的样子，还是不明白有趣在哪里。

"是的，呃……绝对的。"

我决定自己来制造乐趣，于是我松开他的手，捏了个雪球砸向他。雪球砰的一声砸到了他的羽绒被上，唐尖叫着挥舞手臂。

"本，干什么？"

我笑了："因为很好玩啊！"

"不好玩！"

"好吧，那这样呢？"我在雪地里攒起一堆雪，做出一个立方体，"帮我把雪堆起来，唐，你看我怎么做。"

他的爪钩一碰到雪就忙不迭地往回缩，脸上流露出不解的表情。

"没事的，唐，天很冷，但只是感觉上冷，不会伤到你的，我保证。"他一副半信半疑的样子，但还是加入了。我想他决定迁就我了。

接着，我们堆了个跟唐一样高的方块，然后我转身另做了个小的方块，把它叠在了刚才那个大方块上面。我四下找了些石头，往上面的方块里镶了两块儿。然后，我在小方块上画了个小小的矩形，又在矩形上面安了两颗小雪球做眼睛。大功告成，我后退一步等着唐的反应。唐先是一动不动地站着，愣了一两秒，然后他先看了看我，接着又走到雪机器人面前，随后又走回我身边，突然开始尖叫着鼓掌。

"本——本——本——本——本——是我！我！本——本！"

"是的，唐，没错，这就是你！看吧，我就说雪很好玩，对不对？"

他笑了笑，不停拨弄雪人的脸，然后开始换着脚跳。

"喜欢吗？"我问。

"喜欢，可是……"他犹豫了一下，"我们现在可以进去了吗？好冷啊。"

我笑了："好呀，当然可以，小唐。走吧，我们回屋看电影。"

23

圣诞节

平安夜里，我突然醒来，听见屋前传来争吵声。我匆匆披上旧睡衣冲下楼，看到唐站在门廊前，使劲拽着一架微型直升机，想把上面挂的纸箱子拽下来，同时大喊大叫着："不！不！给我！下来！下来！下来！不！下来！给我！"

"唐，怎么回事？"我高声盖过他的声音。

"盒子是给本的，飞行器不给，我想替本拿下来，拿不到。本，快让飞行器交出盒子！"

"唐，不要紧的，这是我预定的来给孩子们送圣诞礼物的无人机。程序设定好了，除了预定的客户，它不会把东西给别人的。来，让我来。"唐放开了盒子，无人机先向后退了几步，重新调整了下自己，随后便又飞了回来。它盯着我看了几秒，便将盒子放到了我伸出去的手里，然后无人机的前端伸出了一个签字板和一支手写笔。我签收了这个包裹。这个无人机生气地扫视着唐，它的眼球以一种让人恶心的方式骨碌碌地转着，最后转身飞走了。

次日早上，我把圣诞礼物全部摆到一楼客厅，也把唐安排在了客厅，然后惴惴不安地去车库检查本田的车况。这天上午，我点了些外卖，又订了些礼物，之后就开始尽情享受在家和唐共处的时光，丝毫不想卷进圣诞节前的忙碌。但唯独忘了一件事，我忘了检查车况了。在我们离开前，这车就一直没被发动过，而这也意味着，它上一次工作已经是两个多月前的事儿了。

我从车库的墙面和车门间的缝隙挤进驾驶室，心情忐忑，不知道车子还能不能发动得起来。不行，这下麻烦了，没车就去不了布莱妮家了。这下我才意识到自己多么想去布莱妮家，我想见大家，我有很多事情要告诉他们，必须把车子搞定才行。

我对修车一无所知，但无来由的念头一闪，我瞎想，会不会是电池没电了。要是能找到一根跨接引线，没准儿还能发动起来。我回屋把唐叫了出来。

"小唐，你能帮我把车推到外面的车道上吗？你力气够不够大？"

"够。"他回答道，但是一脸困惑。

"车子发动不了，我得把它推出来，然后跟别人的车子连一下……唉，我为什么非得向你解释呢？"

"不用。"

我打开车库门，放开手刹，和唐一起成功把车挪到了车道上。然后，我去找隔壁的邻居帮忙。帕克斯先生开了门，他戴着一顶纸帽子（这才上午十一点），穿着红绿相间的弯曲条纹套头衫。那铁定是他老婆织的，逼着他在圣诞季穿。

"啊，帕克斯先生，圣诞快乐。你有没有跨接引线能借我一用？"

帕克斯的眼神越过我的肩膀，看向唐。唐正耐心地等在我的车边。帕克斯皱了皱眉。

"车子发动不起来了。"我解释道。我本以为这事儿很常见，但从他的表情来看并非如此。

"我觉得是电池出了问题，我姐姐还在家等我们过节。我们回来后还没检查过车子……你知道布莱妮是怎样的吧，要是去不了，她会很生气的。"

问题不是出在电池。我、唐、帕克斯先生和帕克斯先生的跨接引线都没法让这辆车挪动半步。我别无选择，只得给布莱妮打电话。电话一拨通，布莱妮的反应不出我所料。

"布莱妮，是我，本。"

"圣诞快乐。你在路上了吗？"

"呃……圣诞快乐。是这样，我的车发动不起来了……"

电话那头，布莱妮深吸了一口气，就像鼓足气的风箱："我就知道会这样！我就知道你会找借口给我打电话说来不了了！而且我早就警告过你把那辆破车处理掉！真不明白你怎么就不能……"

"布莱妮，听我说，"我打断她，"我打电话来不是要说不去了，我是想问问有人能来接我们吗？"

"哦。"

"待会儿我们可以打车回来，不过现在因为有礼物和酒要带，有车子来接的话方便些。"

布莱妮的语气变了："是的，是的，我们当然可以过去。对不起，我……"

"没关系，布莱妮，我以前的确是这样的。但这回不一样，我真的很想去。"

"等等，"她说，我听到戴夫在边上，"戴夫说，他会看看能不能让罗杰派他的司机去接你，这样就不用打车了。"

"罗杰是谁？"

"呃……他是戴夫的朋友。"

"他是艾米的男朋友吧？"

她不作声了，随后答道："是的，但请不要因此不来过节。"

"不会的，我会去的。"我停顿了一下，"他有司机吗？而且圣诞节还上班？哇，他一定混得很不错。"

"还不错，不过它是个机械司机，所以节假日上班不成问题。"

"什么？"

"机械司机，跟机械管家出自同一家公司。这是个新种类，汽车已经适应它了，显然，制造商接下来就会开始大批量生产它们了。他们说这种司机比自动驾驶汽车更安全，罗杰对此深信不疑。"

"啊，真是太好了，这对我们来说是全新的体验呢。"

说起对机械司机的第一印象，他真是有点令人毛骨悚然，活像个用来做碰撞试验的假人，精准地把车停在了我家门口。

"为什么我们不能坐人开的车？"唐任性地问道。

"因为车子坏了，唐。戴夫的朋友非常热心，是他把司机借我们用的。我知道这很奇怪，司机是个机械人，我也很紧张，但我们要上车，别大惊小怪的。等我们到了布莱妮家，你可以来点儿柴油。"

唐咧嘴笑了："那快上车呀，本，快走吧。"

机械司机走出大黑汽车为我们开门，但是唐迫不及待地主动跳进了后座。于是，司机为我开了前门，随后接过我怀里的酒和行李，整齐地码放在后备厢里。他关上我和唐这边的门，然后回到驾驶座上，出发了。

布莱妮和戴夫就住在邻村，所以路程不算远，但哪怕目的地在千里之外我也不介意，因为这次乘坐体验堪称此生最佳。这个机械司机是我见过开车最小心且最友好的，无论是对乘客还是对过往行人和车辆。他就像在开一辆灵车，小心翼翼地遵照限速，稳稳地开着。连唐也不得不承认，这司机并不坏。

我姐开门时用了超大力气，然后她紧紧搂住我，差点把我带的礼物和酒瓶子都给压碎了。

"我的小弟弟，你终于回来了！不要再不告而别了，好不好？你真是太坏了，快别傻站着，来点儿红酒。啊，还带了礼物，真贴心啊。安娜贝尔和乔治都迫不及待见你。"

我可不太信这话，但当我跟她走进起居室时，外甥和外甥女一看见我，就冲过来翻找写着自己名字的包裹。我给他们买了些跟他们性格符合的音乐碟片，但愿他们喜欢，尽管他们年纪不同。

"对不起，"我说，"我不知道孩子喜欢什么，我真的不懂孩子。我保证明年会学会选礼物。"

他们盯着手中的盒子，然后看看对方的。布莱妮提醒他们："快说谢谢。"

"谢谢本舅舅。"他们异口同声地说。

角落里坐着个男人，跷着二郎腿，我猜他就是罗杰，穿着打扮看起来就像那种常去打高尔夫球和壁球的男人。他坐在沙发上，自信地跟戴夫谈天说地。

布莱妮给我塞了一大杯热酒，我为这及时的温暖和酒精而感激，因为我不想细想可能发生的事情，至少不该是在圣诞节。

我问姐姐艾米在哪儿。布莱妮四处扫了一眼："哦，她可能去洗手间了，很快回来。"

"已经喝多了？"我开玩笑说，虽然布莱妮似乎没有领悟我的玩笑。

"呃……或许吧。那什么，你的机器人……"

"怎么了？你同意我把他带来的。"

"对，我知道，我不是这意思。我只是想问问，要不要给它来点酒。哦，不对，我是说，给他。艾米说你很确定他是男性。"

我点点头："谢谢你的好意，不过不用了，真的。他只爱喝柴油，我答应他到了这边可以喝点儿，所以自己带了些。不过相信我，最好别让他喝上。"

"柴油？"

"说来话长。"

"此刻就是最好的时刻。"

"吃饭的时候再说，到时候听众更多。"我笑了，她也笑了。

艾米一从洗手间回来，布莱妮便回厨房准备晚餐去了。艾米看见我时，羞涩地微笑着，僵硬地抱了我一下。

"欢迎回来。"她说。

"谢谢。"

"你看起来不一样了。"

"怎么不一样了？"

"我说不上来，就是不一样了。"

我们俩陷入了沉默。唐在艾米和我之间来回看，我看看艾米，她看看我，然后看看唐，我也看着唐，然后我终于开口打破了可怕的沉默，问她过得怎么样。

"我……好吧，谢谢你。我的家人照例发了条节日短信，当然，我早就习惯了。我不会让它毁了这个节日。"

我点点头，然后转移了话题："我有礼物要送你，我在东京买的……"

艾米显得心事重重，好像没有听见我的话。

"本，听我说……"艾米开口道，但被罗杰打断了。他很高大，迈着大步走了过来，伸出长长的胳膊搂着艾米的肩膀："你在这啊，感觉怎么样？"

艾米瞥了我一眼："我很好。当然很好，怎么会不好呢？今天可是圣诞节呢。我正在欢迎本回来，我来介绍一下。"

她给我们互相做了介绍，我和罗杰握了握手。

"对不起，"我对罗杰说，"我没给你带礼物，我那会儿不知道……"我迟疑了。

"别担心，我也没给你准备礼物。"他说，然后大笑了起来。艾米挤出一声假笑。

"对了，谢谢你的司机。"

"别客气，哥们儿。要不是你安全到达，这些女孩儿就没法安静下来，她们不会放过机械司机的。"他又放声大笑起来。

哥们儿？女孩儿？我有点儿受不了这个人了，哪怕看在艾米的面上也不行。

"听着，哥们儿，改天雪停了，咱俩去打场高尔夫如何？我要请你吃饭，毕竟是我对不住你啊。"

我努力不去深究他最后一句话的意味，于是装作满不在乎的样子说："好呀，听起来不错。"

"得嘞。"

艾米鼓起腮帮子，她似乎屏住了呼吸。罗杰拍了拍我的肩膀。

"我去弄点儿喝的。"他说，然后飘然离去。

艾米奇怪地看了我一眼："你刚才真是太成熟了。"

"你很惊讶吗？"

"我……有点儿。"

"嗯，刚才的对话的确不太舒服。"

"你没必要非得跟他一起去打高尔夫的。"

"没关系的，或许我应该去。"

这时有人拽了一下我的衬衫袖子。唐站在我身后，打量着艾米。然后他瞪大眼睛，对着艾米笑了。

"你还带着这个机器人，"艾米说，语气有些烦躁，"这电工胶带是干吗的？你没把他修好吗？"

"已经修好了。你现在特别好，对不对，唐？他只是很喜欢胶带。"

"是的。"唐回答说。

艾米和我对视了很久。

"嗯，我想你的确需要他在你身边。"她最后说。

"是的。"

"本……本……本……本……本……"

"怎么了，唐？"

"艾米很特别。"

我顿时无言以对，只尴尬地看着艾米。她也很吃惊，脸红了。

"呃……是啊，她确实很特别，还记得我们在外面的时候说过的话吗？艾米现在住在这里。没？"我看到艾米摇了摇头，于是补充道，"哦，好吧，艾米之前住在这里，现在她住在别的地方，和别人住一起？"我不太肯定地说出最后一句，妄想听到一句反驳。

"是的，"唐很坚持，"但是……艾米很特别。"

"我知道，唐，但你别说了。对不起，"我对艾米说，"我还没教他察言观色。"

晚餐时，我给大家讲了我和唐的旅行故事。每当我说得不准确或遗漏了重要的细节时，唐就会插嘴补充，虽然他不吃东西，也不大明白圣诞节是干吗的。布莱妮一直表现得很友好，让唐跟我们一起坐着，还给他分了彩包爆竹。唐被吓坏了，但他很喜欢纸帽，非要一直戴着它（后来还要戴着它过夜）。当然了，我们的故事也包括了那个极富特色的加州旅馆，大家听后都笑破了肚皮。唐和孩子们明显不懂我们为什么发笑，但也跟着我们笑了。

"所以，法国女仆等你干吗呢？"布莱妮问，捂着胸口哈哈大笑。

"我不知道，但我打赌跟那瓶WD-40防锈润滑剂和床底下的十二伏蓄电池有关。"

"好可怕呀，"戴夫说，"但是，谁不是这样约会的呢？"

大家都乐了，罗杰笑得尤其开心，他的狂笑简直能从这条街传到邮局那头。

我告诉他们，唐差点中暑出事，还差点因为我把他一人留在酒店而出危险。我还给大家讲了唐凭着一己之力把汽缸修好的事儿，大家又把唐狠狠地表扬了一番。他们赞许地拍着他的肩膀，不停冲他微笑和点头。唐兴奋得不停拍手，上下踢腿来回应大家的赞美。

我打算略过和莉齐的那段，不过还是提了去她家吃饭的事情，还有柴油、南瓜和口红。艾米的脸阴沉着，但是什么也没说。等我说到回家后收到的那张明信片时，大伙儿都替他们高兴，高喊着"哎呀，真好！"和"他们俩太有爱啦！"看到大家觉得我为莉齐和加藤做了好事，我也觉得开心极了。

等我的故事讲到尾声时，大家都陷入了沉默。然后艾米说："本，你的故事很有意思，应该把它们写下来，免得忘掉。"

"不，"唐说，"本不会忘。唐都记在脑子里了，唐记得。"

"他真是个了不起的机器人，"戴夫插话，"我非常理解你为什么要把他留在身边了。我希望我们的机械人也有他的头脑。"

"说到这个，"我环顾四周，"你们的机械人在哪儿呢？"

布莱妮脸红了："我给他放了一天假，因为今天是圣诞节。"

我简直不敢相信自己的耳朵。

"我不知道你对你姐姐施了什么法术，本，"戴夫说，"但她真的改变了和机械人说话的口气。你真该亲耳听听。"

"我是想到你说要带上唐，"布莱妮不好意思地解释，"这让我也开始反思我们和机械人的相处，然后觉得有点儿心疼他，就这样。"我第一次看到姐姐在众人面前表现出尴尬的样子。

"我可没法理解，"罗杰插嘴道，"我连一天假都不想给我的司机放，谁听说过这种事？幸好我没这样做，否则本和他的小朋友就没法来这儿了。"

他也没说错，不过罗杰这番话破坏了一直以来的和谐氛围。布莱妮用她最擅长的方式化解了尴尬。

"谁想再来点儿酒？"

饭后，我帮布莱妮一起清理桌子，把碗筷堆进洗碗机。她不时地朝客厅瞟上一眼，确保每个人都玩得开心。然后，她笑着向我招手，示意我过去跟她一块儿看：唐坐在沙发上，很明显在跟艾米讲话，原来是艾米拿到了我们在东京给她买的礼物，唐正在帮她打开。

与其说"帮"，倒不如说是帮忙不足，滑稽有余。他被自己扯出来的胶带和包装纸困住了，使劲抖动爪钩，想把东西甩下来。艾米在一旁觉得有趣极了。然后罗杰朝那边走去，艾米马上收起了笑容，仿佛幽默感瞬间消失了。我看够了，退回厨房。

"罗杰挺有魅力的。"我说。

布莱妮沉默不语，然后说："我为他刚才吃饭时关于机械司机的言论道歉，他一般不那样……好吧，一般不这么坏。不管怎么说，或许他跟你待在一块儿挺不自在的。"

"我不明白，他才是赢家。我知道艾米现在和他在一起，而且我知道原因。我对他没什么意见，况且艾米跟我也没戏了，对吧？"

布莱妮关上洗碗机的门，一边朝客厅走去，一边说："我去检查检查，看看孩子们有没有虐待你的机器人。"没想到安娜贝尔和乔治不仅没欺负唐，还带着他一起轮流用游戏机玩射击游戏。虽然我说的是"轮流"，但这其中次序的交替不比法庭上的辩论轻松多少，毕竟有布莱妮这样的妈妈和艾米这样的阿姨，这种情况再自然不过了。

唐困惑不解地看着他们争论，眼睛看看这个又看看那个，但我知道，他和我一样并不紧张，因为他知道他们并不是针对他。谁能想到，这俩孩子其实是在向唐炫耀自己的技术？

最后还是布莱妮把他们俩分开的，她建议他们换一个游戏，这样大家都可以玩。于是安娜贝尔选了一个跳舞游戏，那让她的哥哥大发牢骚。大人们都去玩爆竹了，但唐玩游戏玩得如鱼得水。

"本能买游戏机吗？"

"那样的话，就得买一个控制台和其他各种配件。"

"能买吗？"

我低头看着他，唐眨巴着大眼睛看着我，显得人畜无害。

"再说吧。"

孩子们睡着后，布莱妮开了一瓶香槟，准备敬酒。布莱妮给艾米递了一只很特别的玻璃杯。

"我想借此机会为艾……"她刚开口就被艾米打断了。

"为本干杯。为他平安回家，还有他精彩的环球之旅干杯。"她盯着布莱妮，后者仿佛遭到了恐吓而不发片语。这太反常了。我不知道她们俩怎么了，但现在问并不合适。我对艾米的敬酒词受用极了，此刻只想陶醉其中。我靠在父亲的旧扶手椅上，看着我的家人们和罗杰。这把椅子是布莱妮继承的遗物，被她摆在了客厅的角落。总的说来，虽然不明白个中原因，但这或许是我多年来过得最快乐的圣诞节，我把这想法藏在了心里。喝到最后一口时，我环顾四周，发现唐和布莱妮都瘫坐在角落，咯咯地笑着。刚才布莱妮给他拿了些柴油，我本打算把剩下的柴油收走，但最后还是由他去了。我去了艾米那儿，感谢她烤的面包。

"别……别客气，"她说，"我不想让时间在寒暄中过去，那些都是你应得的。这趟旅行一定像个噩梦吧？"

我耸了耸肩："有时候真的是，不过我很庆幸自己这么做了。"我想了想，然后从口袋里掏出那枚跟着我环游过世界的香槟瓶塞递给了她。

"这是什么？"她问，但我看得出来，她是明知故问。

"我旅行的时候一直带着它，我不是刻意这么做的，而是在一条短裤里找到的。"我立刻意识到最后一句很不合时宜，赶紧给自己找补，"不过就算我出发前发现了，我还是会把它带上路的。"我摇了摇头，告诉她这瓶塞是到了博林杰家之后发现的，所以当时直接给她打了电话。我没提正是那时她告诉了我罗杰的存在，我认为不应该那样做。

"我想，现在应该把这瓶塞给你，因为……因为虽然我们不在一起了，但我希望你能记住我。"

　　艾米吻了吻我的脸颊，看起来快哭了："我不需要靠它记住你，本，但是谢谢你。"

24

新房间

圣诞节过完了，新年还没到。一天早晨，我偶然发现唐一直睡在备用床上，身体歪着，脑袋也摆不正，看起来很不舒服。等他睡醒下楼后，我宣布："唐，我们今天要去附近逛逛。"

他疑惑不解："去哪儿？"

"咱去给你买些家具。"

"为什么？"

"因为如果你要和我住在一起的话，那你得有自己的房间，里面有你自己的东西。"

"我自己的东西？"

"对。"

"我没有'东西'，只有本在东京给买的袜子。"

"我知道，不过现在不一样了，你是个独立的小机器人，所以你应该拥有自己的东西。"

我使劲想把唐推进本田思域，自从圣诞节那天启动失败后，车子就一直在车库里攒灰。但唐挤不进车子和墙之间的空隙，我只好先由他自个儿待着，我先去发动车子。

"拜托拜托，该死的破车，赶紧给我发动啊。"我苦苦哀求。以前还跟艾米在一起时，出门总是开她的车。她坚持如此，虽然口口声声说，只是因为她是司机，所以开她的车更方便。但我知道，其实是因为她的车是精致昂贵的奥迪，比这辆思域有面子多了。她也从不让我开她的奥迪。我得说，我开车其实并不赖，但这话对艾米来说没什么用。或许是因为她不相信我，或许是她喜欢占据掌控地位，或者两个原因都有。

我把车库门从里面打开，想把思域先挪到外面。我一边发动车，一边指挥唐跟着车子一起出来。唐乖乖照做了。终于，奇迹发生了，车动了起来，慢慢爬出了车库。随着车轮转动，它发出吱吱嘎嘎的抱怨，但好歹是启动了。我想，它大概是不喜欢圣诞那会儿的雪天吧。

"看来得买辆新车了。"我心想，虽然我很喜欢这辆老爷车。我还记得爸妈刚把它买回来那会儿，它还是最新型的小型家用轿车。好吧，有些言过其实了，但它的确很好地满足了我们父母的需要。他们告诉我和布莱妮说想节约些，因为他们俩都退休了，所以房子或车子，只能二选一。当最后决定选择车子时，大家都松了口气。

"你们需要节流？"我问他们。他们看着我，一副我很蠢的样子，但我自认为这问题很合理。

"是啊，当然要。"母亲回答说。

"为什么？"

"因为……我们退休了，退休了就要这样，本。"

"没错，但假如一个人不需要……"

"听好了，不许质疑你妈，"我的父亲加入了战斗，"等你到了我们的年纪就会明白的。"

这是他们面对不想解释的事情时惯用的说辞——等你到了我们的

年纪就会明白的。他们一贯如此，每次都会被我和布莱妮拿来取笑他们。

我下车去关车库门，唐用力挤进了副驾驶座。我回来时发现他正在挣扎着系安全带，开道奇的时候这不成问题，但在思域里，就很费劲了。最后我帮他系上了安全带，他却仍然皱着眉头。

"我知道，唐，我知道。我得搞辆新车……能让你坐得舒服的那种。"

"太小了。"

"是，我知道。它可没法跟道奇比，对吧？"

当我退出车道时，他考虑了几秒钟，得出的结论是：是的，它是挺小的。我看了看他，怀疑那并不是实话，但什么也没说。不管怎样，那无法改变我得把思域换掉的事实。我曾听朋友说过，等你的旧车开始费钱时，就该换新车了，但我以前一直不以为然——难道不是所有的汽车都得费钱吗？不过，当我们在公路上蹒跚而行时，我逐渐明白了：这辆思域的麻烦越来越多，远非帕克斯先生的跨接引线能解决的。

"好吧，这样，我们明天去买辆新车，唐。"

"为什么不今天去呢？"

"因为我们今天要去给你买张床，然后我得把床拼起来，之后应该就没时间了。"

"拼起来？"

"商店买的是零部件，这样才能用车子运回来。回家后我们要自己拼，用螺丝刀之类的东西。"

"螺丝……"

我打断了他："到家你就明白了。"

他沉默了一阵子，我知道他正在寻找展开争论的说辞。

"本……"

"唐，你说。"

"那些零部件装进汽车吗？"

"你是问零部件能装进汽车吗？"

"对。"

"能呀，当然可以……或许吧。我相信可以的。"

"本不确定，对吧，唐知道。今天买新的大车更好，改天买家具，零部件装进去。"

唐的逻辑完美地指出了我计划中的缺陷。不过，既然我的坚持——今天买家具，改天买车——只是因为自己放不下自我羁绊，想按自己的方式来，那何不爽快地让步呢？我不想跟一个机器人比顽固，毕竟他天生比我顽固得多得多。于是我们返回家找购车的相关文件，结果发现它们一直都放在车前座的储物箱里。我们又出发了，这次是去工业园区，那里有一家当地的汽车经销商。

当然了，唐巴不得每一辆车都坐进去体验一把，但大多数经销商并不欢迎他这样的机器人。因此我们最后去了那家不对我们白眼相待的店，挑了辆看着顺眼的车。唐自顾自地爬到座驾上体验，还让展厅工作人员给他打开收音机试试音箱，调调音量，而这在我看来是完全没有必要的。

唐最喜欢这车的一个原因是它有个自动杯架，轻按一下即可弹出，再按一下就会自动折叠起来。我也搞不懂他为什么这么喜欢这点，但不管怎样，反正他是彻底被吸引了。这样一来我刚好能专注地去办购车手续。

在汽车送达前一晚，唐发现我坐在思域里呈放空状态，于是敲了敲车窗。

"本还好吗？"

我摇下车窗，挤出一个笑容，点了点头："没事儿，就是有点儿难过，没什么。"

"为什么？"

"因为这辆车是我父母的，把它卖掉就感觉我要离开他们了。"

他环顾车库，困惑地说："但是本的父母不在这里呀？"

"他们的确不在这里，这就是问题所在。他们已经过世了，我告诉过你的，你不记得了吗？"

唐皱了皱眉头，我意识到我可能没告诉过他："我是不是没跟你说起过我父母？"

"没有，"他回答道，"本……什么是'过世'？"

"过世的意思是人死了，就像我当时在岛上，以为博林杰死了。"

唐点点头："可是为什么本会难过？"

"因为人要是死了，你就永远见不到他们了。"

"就像本要离开岛和唐，是不是？"

"不不，不是一回事。过世意味着一个人离开了这个世界，他们的身体停止了运转。"

"不能修？"

"嗯，不能。"

唐低头看着他的脚："本的父母不能修好吗？"

"不能。"

"为什么？"

"嗯，他们当时在开一架小飞机，一只鸟撞到了螺旋桨，飞机坠毁了。这很难解释，但有时人要是伤得很重，可能就修不好了。医生可以修理人，但如果伤得太重，或是流了太多血或别的什么原因，身体就无法自我修复了。我的父母就是这样。"

唐对我父母那场事故的来龙去脉并不感兴趣。他瞪大了眼睛，惊讶于人体"自我修复"这回事儿。

"通常都是这样的。比如，要是我的手指被割了一道口子，我的身体就会自己修复，这叫作康复。"

"本的父母不能康复？"

"不能康复，他们不能。"我说，喉咙突然绷紧，生怕自己会哭出来，"我对他们的所作所为非常生气，他们总是干蠢事，做危险的事。我和布莱妮看过在我们出生之前，他们去攀岩和开飞机之类的照片，但有了我们俩之后，他们就停了下来。我一直以为他们只是……怎么说呢，以为他们只是成长了，或者发生了别的什么。但我发现，他们退休后又开始做那些事，好像觉得自己错过了很多东西。他们似乎根本不在意自己一旦出事会对我和布莱妮造成怎样的打击。然后他们死了，我很生气，因为我还没来得及向他们证明我也可以成为一个有用的人。那时候我还在读兽医，考试考砸了，也没有女朋友，对什么事都不感兴趣，不敢冒险。他们走了，而我依旧是那个不争气的小儿子。一切都停留在了那一刻，再也没法改变。他们一直以布莱妮为荣，而我却再也没机会成为他们的骄傲了。我也再没有机会告诉他们，我多想念他们……"

过了一会儿，我觉得唐的爪钩放在了我的头上。

"对不起，唐，我又漏水了。"一滴眼泪从我的鼻子旁边滑落下来。

"不，"他说，"本没有漏水，本正在康复。"

次日，唐整整等了一上午，等新车送达。他在客厅站着，把脸贴在前窗上巴望着，时不时向我喊道："本，什么时候到？"

"我不知道，小唐，他们只说今天早上会到。"

"等车到了我们可以出去吗？"

"当然啦，没问题。咱们开车去给你买些家具。"

"两件事唐都喜欢！"

"那太好了。"

他似乎正在逐步开发自己在豪华轿车、电影和购物方面的品位。

车子终于到了，他匆忙走出大门。走到半路时，唐突然停了下来，回头关切地看着我。

"怎么了，唐？"

"本今天没事吗？"

我笑了笑："挺好的，谢谢你，唐，我今天很好。"

他皱了皱眉。

"真的，唐，我没事。快去看看车子。"

唐越过送货的司机直接走向我们的新车。司机一脸困惑。当唐把脑袋探到引擎盖前面时，那人更困惑了。

"什么都别问。"我说。

我签收了新车，然后看着司机把生锈的旧车开进拖挂车里带走了，就像带走了我的旧生活。我本来还在感伤，但当看到唐正用力拉车门把手，想钻进新车时，一切沮丧都消失不见了。现在，唐就是我生活的全部了，或者至少是我新生活的开始。从今往后，会有更多新的东西出现。父母走了，艾米也走了，我再也没法麻痹自己，假装什么也没发生过，假装自己丝毫不感到空虚了。而且，是时候逼着自己去填补这些空白，去过"真正的生活"了，而不是藏在屋子里，远离外界和妻子……已经成为前妻的那个人。够了，真的够了。

我信步走向汽车，然后按了下手中的遥控钥匙，紧接着就听到了开锁声。门自动开了，而且开得很大。唐似乎忘了遥控这个概念，对他来说，这简直是魔法。他目瞪口呆。

"车是活的！本——本——本——车子是活的！"

"看起来是的，唐。其实，是遥控器的功劳。走吧，要不要去兜风？"

他熟练地坐进了副驾驶座，就跟选车那天一样驾轻就熟。他关上门，轻松地扣上安全带，惬意地晃起双腿。

"高兴吗？"我问他。

"高兴。"

"那就好。我也高兴。"

家具陈列厅的自动扶梯成了唐的新操场。他以前坐过自动扶梯，但没坐过这种坡度平缓、配合购物车使用的扶梯。唐被弄糊涂了，不知该怎么调整姿势，结果就保持着往后倾斜的姿势乘着扶梯。

"唐，站直，身子前倾。"

"噢。"他答应道，然而还是保持原样。

从自动扶梯上下来后，我环顾四周，想看看应该先到哪儿去，却突然注意到唐不在我身边。我赶紧回头看了看，原来下扶梯后他就直接又朝着下楼的扶梯走去，把我独自留在了上面。现在他正两手扶着扶梯，斜斜地站在向下的扶梯上。

"唐，你在干吗？"他装作没听见，但我知道他听到了，"快回来。"

他转过头看了看我，然后转过身，想逆着扶梯走上来。走了几步后，他生气了，跺着脚看着我，好像那是我的错似的。

"先下去，然后乘另一台电梯上来。"我喊道，同时打着手势，希望他能看懂。他转过身照我说的做了。看他上了向上的扶梯后，我就转过身开始逛展区的沙发，想着他会自己跟上来。过了一会儿，我发现唐还没跟过来。他又去玩自动扶梯了，不过这次他背对着扶梯的行进方向站着，他看着我，笑得很开心。

"唐，你能消停会儿吗？我叫你回来！"

唐才不管我，这趟完了后，他又坐了三次才罢休。说罢休也是我拼命把他拽下来的："走了走了，唐，别犯傻了，我们还要去买东西。"

他看了看我，皱着眉头扯着电工胶带。

我一边拉着这个任性的机器人远离电梯，一边给自己打预防针，因为这种店很容易让人头脑发热。目前为止，我还没想好要给唐和自己买点什么。这样很危险。除了意志力最坚定的人，以及列好购物清单的，否则都很可能冲动消费，回家后才发现买了一堆不需要的东西。

不管怎么说，唐得有张床，这点毋庸置疑。要是没别的要买，床也得来一张。

我们跟着一系列指示箭头走在陈列厅里，唐比在东京逛街的时候更兴奋，每走几步就非要停下来在沙发上坐坐，要不就爬到凳子上，甚至有一次他居然要藏进衣柜里。

"看，本！女巫的橱柜！"

"这是衣柜，唐，是放衣服用的，不要藏进去。"

"但它保护我躲开女巫。"

"你不需要保护，朋友，这里没有女巫。"真希望明年万圣节前他能忘记汽车旅馆的事。

"唐必须躲避女巫！必须有衣柜！"

"可你不穿衣服，唐。你有其他更需要的东西要买。"

"必须有衣柜，必须有衣柜，必须有……"

"行了行了，我们买衣柜，你快安静。"

"耶！"

"耶？你什么时候开始说'耶'的？"

"布莱妮贝尔这么说。"

"谁？"

"布莱妮贝尔，圣诞节，跟我玩。"

"我外甥女？"

"是的。"

"她叫安娜贝尔，唐。布莱妮是她的妈妈，我的姐姐。"

"布莱妮贝尔。"

"不，安娜贝尔。"

"本的姐姐。布莱妮的外甥女。布莱妮贝尔。"

"不对，听我说……算了，还是快给你挑张床吧。"

"耶！"

在商店里逛时，我一直在拿各种各样原本并没打算买的东西：几只盘子、一块黑板、一把转椅、一些垫子和一把抹刀。有些确实是我拿的，不过好像每次唐从我身边离开后都会带着一盏小灯或一包电池回来，直到我发现为止。我真想知道他是在哪儿学会这么高效地购物的。我不知道我们新车的后备厢能否装下手推车里的东西，况且一会儿还要装平板组装家具呢。

我在床的陈列区里四处找唐，估计他肯定又去哪里给我拿盖毯或床底储物袋了。在找他的时候，我看到陈列区里有几户顾客，都是携家带口的。一个小男孩正和他父亲争论，因为父亲不让他玩沙拉甩干机。另一个家长正试图从一个啼哭的小孩手中夺走烛台，俩人已扭打成一团。这看起来跟我照顾唐没多大区别，可能有朝一日我也能胜任父亲的角色。不过，现在还不行。我必须留些时间先让自己成长，这样就不必让自己的孩子被我这种不合格的父亲毁掉了，这应该是重回单身的好处之一吧。

唐笑嘻嘻地回来了，拿着一个弯曲的棕色管子似的东西。

"你拿了什么，唐？"

他骄傲地冲我举起手里的东西："凯尔！"

原来是一卷挡风帘，只不过看着有点像那只腊肠犬。

"我还找到了床！快过来，本，来看看床。"

他把我拖到一个日式床垫前，然后扑通一下就横躺在了上面，舒展着四肢。

"这张床。"他宣布。

这一次，我想我们可以达成一致了。它很低，唐睡在上面还挺合适的。

"不错，唐，选得好，成熟的选择。"

"是的，"他说，"我长大了，本也长大了。本和唐长大了。"

我笑了笑："你说得对，唐，我们一起长大。"

过了会儿，我想到："那这张床舒服吗？"

"舒……？"

"舒服，"我使劲寻找措辞，来描述这种感觉，"你感觉尺寸合不合适，软硬合适吗？"

"是的。"

"那就是舒服。当你不舒服的时候，你会感觉有些地方不大对劲儿。"

"就像艾米不在本一起。"

我微微笑了一下："你是想说'不和本在一起'？但'在一起'真正的意思不是这样的，将来你一定会懂的。"

要说服唐离开家具店简直难于上青天。

"行了，我先走了，你待在这儿吧。"

我一威胁，唐就怕了，哐啷哐啷追上我，紧紧抱住我的腿："不！本！不要离开唐。不要，不要，不要，不要，不要！"

其他人都看向我们，我赶紧扯开他，弯下腰对他说："别怕，唐，我不是让你永远留在这里。我的意思是我先去结账，你在这里等我。"

"本想把唐留在岛上。本把唐留在店里。"

"不是的，我不想把你留在岛上，我只是以为那时候把你留下才是正确的选择，我再也不会离开你了。"

"本保证？"

"对，我保证，绝对保证。你和我在一起，不会分开了，唐，你知道的。"我用手臂环住他的金属小身体。

他回抱了我："本，现在买床吧……拜托了。"

"六角扳手死哪儿去了？"我坐在唐的卧室里，淹没在平板家具组件里。

"六角？"

"是一种扳手……呃，就是……我也不知道要怎么说，总之就是组装东西用的。"

"本为什么生气？"

"我没生气，我就是沮丧。我不懂这些东西为什么要搞得这么复杂，跟该死的象形文字似的。瞧瞧这张图，这人到底在干吗？我都不知道这块部件要放哪儿。"

"本为什么不明白？"

"因为我不擅长这种事情。"

"本可以学吗？"

"可以，谢谢你，唐。这正是我在做的，我正在努力学着照顾你，但我需要一点时间，好吗？"

"要是本学会了，艾米会回来吗？"我沉默了半晌，惊讶于唐对艾米的依恋，她可是第一个命令我把唐丢掉的人。

"不会的，唐，我觉得不会。我早就告诉过你了，已经晚了。你能帮我个忙吗？在我干活儿的时候，请你去看电视。我宁愿自己沮丧着。"

"好吧。"他看起来很失望。

"我保证一做完就去找你。"

他总算消停了一阵子。

"本——本——本——本——本——"

"怎么？"我朝楼下喊。

"本好了吗？"

"没有，唐。我告诉过你，要是好了我会告诉你的，别催我了。"

他铮铮地走回客厅。在我最终完成之前，同样的对话进行了三遍，最后唐彻底耐不住了。

不过，当我带他去看新卧室的时候，他完全忘记了之前的无聊。这次，我给唐换了个比先前大得多的房间，之前那个他必须挤着才能进去。我装好了衣橱和床，还在床上放了羽绒被和枕头，用的绿麻布三件套是他在买家具那天亲自选的（我始终不明白他为何对绿色情有独钟）。我还给他配了一个床头柜和一只闹钟，以及一张世界地图的挂画，最后在地图上标注了从帕劳到哈雷温特南的路线。

　　他抓着我的腿，睁大眼睛看着他周围的新东西，在冬日晚霞的映照下，他的眼睛熠熠生辉。

　　"这些都是我的东西吗？"

　　"是的，唐，这些都是给你的。"

　　"谢谢你。"

　　"不客气，唐。你喜欢自己的房间吗？"

　　"喜欢。我可以坐在床上吗？"

　　"当然可以，小家伙，你想干什么都行。"

25

拼字游戏

"本——本——本——本——本——本——"

"怎么了，唐？我在卫生间。"新年前一天的清晨，我半清醒地站在洗手间，听见唐在楼下喊我。

"本——本——本——"

"怎么了？"我回答道。

"早餐。"

"什么早餐？"

"我。"

"你是早餐？"

"不，我是……我有……"他努力回想着正确的单词，急得直跺脚。

"你是想说你做了早餐吗？"

"是的，我创造了，我创造了早餐。"

我笑了，洗完手和脸后走下楼去。唐站在楼梯的尽头，眨着大眼睛，手里拿着托盘。托盘上摆着一个面包盘，盘里歪歪扭扭地放着一堆半凝固的蛋。虽然我说的是一"堆"，其实它更像一摊，满得已经溢出面包盘，甚至流到了托盘的边缘。我从机器人手中接过托盘。

"谢谢你，唐，真是……真是太棒了。"

他冲我笑。

"你是怎么做的？"

他做出搅拌的动作向我演示。

"我够。"

"你伸手去够炉子，在锅里搅拌鸡蛋吗？"

"对。很难看见，只能猜。"

"明白了，"我把目光从托盘转向小机器人，"你为什么给我做早餐？"

"唐有用，跟机械人一样，我做给你看。"

我的心都化了。他这么矮，够不到灶台，也看不到锅。我想起了在东京的商店里看到的机械人，也想起了几个月前跟艾米的争执。当然，关于唐的烹饪技能，她的推测是正确的，但没有哪个机械人会这样竭尽全力地表现自己的价值。

"唐，你是有用的，你不需要向我或其他任何人证明这一点。你聪明极了。不过，你要是还想做饭，我们可以给你找个箱子让你站上去，这样做饭可以方便些。"

他又笑了。

我每吃一口早饭，唐都盯着我看，目光紧紧追随着我的手，一次次从盘子移到嘴边。我每咽一口饭，他都会笑。对唐来说，这是迈向新世界的第一步，我为此感到自豪。

那天晚上，我用自己最擅长的童子军技能在客厅生了一堆火，本打算和唐一起坐下来，喝杯热的苏格兰威士忌迎接新年。但过了几分钟后，唐发现火把他的金属壳子烤得很烫，便把椅子搬去了餐桌旁。所以，我要么独自坐在火堆旁，像个李子一样傻坐着，要么和他一起过去。我选择了后者，我想我们可以玩个游戏。这可能不是过除夕最酷的方式，但我相信会挺有趣的。

我打算教唐玩一种叫"Scramble"的拼字游戏。这是个很有名的单词桌游，但我家的游戏盘是几年前某个老阿姨送给我妈妈的圣诞礼物，玩法都已经过时了。这个礼物送得很失败，我家没人感兴趣，只在收到的那天草草玩了一场，之后就被我妈收进了橱柜，也就是我家桌游的冷宫。之后再也没人碰过它。

不过现在和唐在一起，我发现可能它还有些价值——可以拿来教唐说话。

"S-cram-ble？"我开始摆棋盘，唐还处于困惑状态，"什么是……"

"是一种游戏，唐，一种桌游。"

"无聊的游戏？"他皱了皱眉头，"那我们玩别的吧。"

"不，不是无聊的游戏，唐，是b-o-a-r-d，不是bored。这游戏跟文字有关。"

"哦。'Scramble'是什么？"

"是一种游戏，拼字游戏。"

"不，这个词'Scramble'什么意思？"

"嗯，意思是……这个词本身有许多意思，在这里的意思是组合。你看，我们挑出几个字母，用它们组词，就像这样，"我演示给他看，"瞧见没，我拼出了'门'。"

"门？"他指着花园的方向。

"是的，没错，就像那扇门。"

"门坏了。"

"不许开玩笑，搞得跟艾米似的。"

"门破……"

"行了，我会把它修好的，现在先玩游戏。你选的词至少得有两个字母，还要连上我的词。"

唐看了看我的词，然后看了看他的字母。他完全理解游戏规则，但没法区别细节上的差别。

"SQATCH。"

"这个词不算数，唐。"

"为什么？"

"因为'Q'后面得有个'U'。"

"为什么？"

"没有为什么，英语就是这样。"

"这是唐语。"

我哈哈大笑。必须承认，唐的逻辑无懈可击。

"好吧，那这个词什么意思？"

"不知道。"

"如果没有具体意思，这个词就不算数。"

"为什么？"

"什么为什么？因为这是游戏……游戏就要按规则来。"

"唐他不明白。"

"唐，应该说'我不明白'，记住了吗？"

"我不明白。"

这时候，门铃响了。

"先等会儿，唐，咱等下接着说。马上就来。"

门外是艾米，她的身上落满了雪花，口中呼出一团团白色的雾气。虽然裹着毛衣，她看起来还是很冷。

"艾米，"我多此一举地说，"嗨。"

"嗨，本。"

"嗨。"

"我能进来吗？"

"可以，可以，当然。不好意思。"我让到一边，屋里的热气从她身边冲出门外。

"外面是谁的车？"艾米问道。她吻了我的脸颊，然后走进屋子。

"我的。"

"哈哈，别开玩笑，你严肃点儿，你的车是思域。这辆是谁的？"

"我说了呀，是我的，我把思域换了。"

她大吃一惊："你真变了，竟然会买宝马，你怎么想的？"

"我怎么就不能买宝马了？"我的声音听起来格外气愤，所以我赶紧聊了聊这辆车，以掩饰自己的失态，"这款车有多功能仪表盘和运动型底盘，座驾还很舒服，在市区还能多开出六七十公里，非常省油……"我瞥了一眼唐，他跟着我来到了走廊，现在正站在我身后抓着我的腿，眼睛盯着艾米，跟圣诞节那天如出一辙。他抬起眼睛看了看，然后摇了摇头。

"哦，这样啊，"艾米说，"你知道这些是什么意思吗？"

我心虚地来回踏着双脚，回答道："我当然知道啦。"我被艾米盯得有些心虚，才承认，"好吧，我并不是很懂，但是它真的很舒服。最重要的是，它的后备厢空间很大。"

"用来……装机器人？"艾米问，语气不大确定。

"主要是放平板家具。唐要坐在座位上。"

艾米笑了："是啊。"

"顶也会掉下来。"唐补充道。

"什么？"

"顶篷，"我替唐解释，"顶篷能打开。"

"你买的是敞篷车？要不是亲眼见到，我绝对不信。"

"是的，敞篷车，就是这个词。"

"为什么？"

"为什么不呢？"

"你住在伯克郡，又不是在法国。"

"我可能开着它去托斯卡纳什么的。"见她一脸狐疑，我继续解释。"旧车不太靠谱了，开始费钱，所以我买了辆新的。就这么简单。"

"没毛病。"艾米说。

我帮她脱去了外套。唐一边接过她沾着雪的外套、帽子、手套和围巾，一边全神贯注地注视着她。然后他转过身，把它们放在了最近的散热器上。

"帮艾米烘干，没有雪。"他告诉我们。

艾米看了看我，然后夸奖唐道："你想得真周到。"

"一定要照顾艾米。"他说，然后抓住她的袖子，想带她去起居室。我本以为艾米不会让唐带着走，但他们静静地看着彼此，过了几秒后，她真的由他带着去了。

"你想喝点儿吗，艾米？"我跟在他们后面问，同时走向厨房，"喝红的还是白的？"

"我想来杯茶，可以吗？"

"哇，你也变了，从没见你拒绝过喝酒。"

"是的，好吧，因为……我要开车。"

泡好茶后，我刚走回客厅就看到唐正推着一只脚凳往坐在沙发上的艾米腿下塞。艾米笑着向他道了谢。接着，唐又不见了，再回来时抱着一张毯子盖在了艾米身上，然后自己爬到艾米旁边坐下了。

"唐，你要不要跟我一起盖毛毯？"艾米问道。

"不，艾米一定要暖和。"

"没事的唐，她在房间里就不冷了。"

唐盯着我，一副看着蠢货的样子："现在要照顾艾米。"

我不懂他们俩怎么回事儿。不管了，我清清嗓子："那么，艾米，虽然这么说有些不礼貌，但我还是想问你为什么来这里。我不是不欢迎你，而是……"

艾米低头看着手中的茶，似乎在思量该怎么回答："我……圣诞节那天就想和你谈谈，但一直没机会。"

紧接着是一阵沉默，唐想挽救这尴尬的氛围："艾米一定想吃食物，我要制造鸡蛋吗？"

"唐，你真是太好了，但艾米现在可能不饿……"

"我饿了，我这些天总觉得很饿。"

"那么，我可以给你吃晚饭吗？"

唐对我笑了笑，看上去很得意。

"他真的会做饭？"艾米问道。

我想说"不是真的"，但唐真诚的大眼睛令我开不了口，只好说"他正在学习"。

唐高声说道："是的，本和唐一起学习，我帮忙。"

艾米深受震动，转向唐："我不太喜欢吃鸡蛋，唐，你要是能给我做个三明治，那就太好了。"

我正要说话，但唐打断了我："我给艾米三明治，现在照顾艾米，艾米很特别。我走了。"

他走向厨房，艾米的目光追随着他。

我摇摇头："我很抱歉。他做出来的三明治会很可怕的，你得做好心理准备。"

艾米说她不介意。然后我说："艾米，我一定要问，在你离开之前，你想让我把唐扔掉的，为什么你现在对他的态度变了？"

她低头看着她的茶："我们从十月就分开了，本，看得出来你变了。"

我点点头。

"嗯，我也……现在的情况不像以前，"她停顿了一下，"你离家的时候，你在电话里说你会想着我。嗯，我也想着你。"

"真的吗？"

"当然，而且也想着唐，我想知道为什么你要做这些事情。我是指你带他回家，然后又把他带回来。"

"你继续说。"

"嗯，我想，也许你看到了他身上的一些东西，只是我没发觉，也许这次旅行不光是你在经历。然后圣诞节那天，你跟我们讲了整段经历，大家一定都认识到他是个特别的机器人。你就像他的爸爸一样，虽然你总说自己搞不懂孩子。就在刚才，他把我的外套放在暖气片上烘干时，我明白了。"

"明白什么了？"

"他不只是个金属盒子。"

我还没来得及回答，唐拿着一个盘子走了过来，盘子里有两块奶酪片，夹着一片面包。他庄重地把盘子放了艾米的大腿上。她拿起他的小爪钩，用自己细瘦的手捏了捏："谢谢你，唐，做得真好。"

然后唐问了她一个问题："艾米有两个心跳多长时间了？"

艾米冲他笑了笑，然后看着我："三个月了。"

26

谁是父亲

"对不起，我对本撒谎了。"唐向我道歉。我们俩坐在外面的露台上瑟瑟发抖。原本是我独自出来坐着的，没一会儿他就出来找我了。我猜是艾米派他来的。

"没关系，唐，你没有撒谎。"

"但我没有告诉本。"

"没关系，但是你能不能告诉我，你是怎么知道的？"

"听得见。"

"你能听到心跳声吗？"

"是的。"

"你有超级听力吗？这么久了我居然不知道。"

他摇了摇头："不，不是超级的。不过能听到一些东西，听得见艾米宝宝的心跳。"

"可能你有什么连博林杰也不知道的内置声呐。"唐眨着眼睛怀疑地看着我。

"别怕，我在自言自语……"我突然想到，"天哪，那你岂不是能听到所有人的心跳？"

"不，可以选择。唐醒来时会听到所有声音，然后关掉没用的声音。"

"你是说，你能随心所欲地选择想听的声源吗？简直厉害极了，真希望我也有这本事。"

其实没必要对唐的这套具有图形均衡器功能的听觉系统大惊小怪的（他有什么本事都不值得奇怪），但我还是啧啧称奇。我从没见过他调整自己脑袋里的哪样零件，所以这些肯定都是内置的功能——某种自动校准装置。无论是出于偶然，还是由于一种本能的自我逃避的生存技巧，我的大脑最终成功偏离了话题重点。

艾米出来了，加入了我们的谈话。

"本？你还好吗？"

"我不知道。"

"进来好不好？外面太冷了。"我由她哄着穿过了花园的门，然后接过了她为我泡的用来"压惊"的茶。

唐上床睡觉了。

"我旅行那会儿你怎么没说？"

"一开始我也不知道，常见的妊娠反应我都没有。经期推迟很久之后，我才发现两个月都没来例假，而且我也没有孕吐。你往布莱妮家打电话那会儿，我刚知道没几周，那时没有勇气跟你说这事儿，总感觉在电话里讲不太对。"

"要是那时候知道，我立马就回家了。"

"真的吗？"我沉默了，因为我也拿不准这话的可信度有多少。

"还有，"她继续说，"我知道我得告诉你罗杰的事，但我该说什么？难道要说'本，听我说，我现在和另一个男人在一起，但我怀孕了。孩子可能是他的，也可能是你的。对不起'？"

"你要是那样说……"

"我本想在圣诞节告诉你,"艾米说,"但是罗杰打断了我,之后就一直没找到合适的机会跟你说。然后,唐发现了。我意识到唐、罗杰或是布莱妮都可能在我之前对你说这事儿,我只好求他们为我保密。可我也不希望他们因为我而对你撒谎,尤其是唐。我的压力真的好大。"

"我明白。"

"别生唐的气。"

"不会的,本就不该由他告诉我这件事情。对他而言,他只是很不幸恰好知道了这事儿。而且,他可擅长保密了,我们在外面的时候,他瞒了我很多事,他只有准备好了才会对我说实话。要是这次你没来告诉我,没准哪天他就先说了。但假如你要他保密,他就会尽力遵守诺言。"我无精打采地坐在沙发上,沉默了一会儿,盯着天花板看。

"我不知道哪个更让人震惊,是你怀孕了,还是不知道这孩子是谁的?"

"我明白。"

"你明白?艾米,你怎么会明白?你怎么会知道呢?"

"嗯……总有一些共通的地方。"

"真是好极了。"

"求你了,别这样,我都道歉了。我来这里不是要向你索取什么,真不是。我只是觉得你有权知道真相。"

我沉默地点了点头。

"如果多少能安慰你的话,我希望这孩子是你的。在我心里,我觉得是这样的。"

"你变得比以前多愁善感了，不是吗？"

她笑了笑："或许是吧。怀孕使我变得更柔软了。"

嗯，不管怎么说，这的确能解释她对唐的态度的改变。

"我希望自己还有机会变成熟，在做爸爸之前把自己的生活安排好。我觉得自己距离一个合格的父亲还差得远，至少要保证不在情感上伤害孩子。"

"本，你从九月起就一直在照顾一个孩子，只是你自己没意识到。"

我停下来想了想："那么，我就直接点问你吧，你认为我能胜任父亲这一角色吗？因为我一直在照顾一个机器人。"

"过去我只以为唐是你逃避正事的借口，从没想过他能帮你改变这么多。"

"他帮我们俩都改变了许多。罗杰怎么想的？"

她嘟起嘴："我猜和你一样吧。"

"你也对他说，觉得孩子是他的吗？"

"本，不要说这种话。"

"但你肯定知道我为什么会这么说。"

"我知道。其实我觉得你的处理态度比他要好，也许原因在于他觉得孩子不是自己的。"

"等你知道结果了呢？你会选择和孩子的父亲在一起吗？"

"我不知道，本。这事儿并没那么简单，你说呢？"

"我觉得也是。话说回来，你为什么说希望孩子是我的？"

"因为我觉得你当爸爸更合适。"

"哈哈，真好笑。"

"不，我是认真的。"

"但是我没工作，我连自己都照顾不好。我过去也没照顾好你，不是吗？"

"除了工作，生命中还有其他更重要的东西。"

艾米似乎在怀孕期间经常来看我和唐。她从不带罗杰来，尽管她偶尔会提到他。

我透过窗户往外看，三月的风拉扯着柳树的枝条。我正想着要不要把垃圾箱拿进来，别被风吹倒了。这时，艾米说："他根本没把心思放在陪护上，似乎也毫无兴趣。我告诉他多少遍了，宝宝很快就会出生，但他似乎并不在意。我不知道他为什么要我搬到他住的地方去，我还不如一个人住呢。"

"我相信他其实很在乎，他可能有点紧张。我也很紧张，我们都很紧张。"

"我知道，但是你确实切实做了些事情，比如给我倒杯茶，帮我做呼吸练习。我只是要他决定婴儿床要原木的还是白色的——这能有多大压力？"

"我来做陪护怎么样？"

两天后的午夜，我接到艾米惊慌失措打来的电话，罗杰又不在家。

"婴儿不动了！"

"冷静点，艾米，上次胎动是什么时候？"

"我不知道，我睡着了。"

"嗯，也许宝宝也睡着了。"

"万一不是呢？！罗杰不在家。"

"你想过来吗？"

她想了想："是的。"语气跟唐很像。

艾米到时，我还穿着睡衣，因为当时还是凌晨四点，但我已经烧上水了。门铃把唐吵醒了，他"锵锵"跑下楼看是谁来了。

"怎么了？"

"艾米过来了，因为她有点担心孩子，就这样。回去睡觉吧，唐。"

"为什么要担心宝宝？"

"我已经有一会儿没感觉到胎动了，唐。他们说如果几个小时没有胎动，就要去医院检查心跳和其他体征。"

唐慢慢地走到艾米身边，把爪钩搭在艾米的手上。

"宝宝很好，听到心跳了，强劲。宝宝在睡觉，长大很累的，要睡觉。艾米也要睡觉。"他微笑着停顿了一下，"不过，现在宝宝醒了。"

然后，为了证明唐说的话似的，艾米感到了胎动。

从那以后，艾米几乎离不开唐了。她竭力假装自己并不担心，但只有听到唐告诉她孩子平安时，她才安心。

后来，艾米开始休产假，唐陪着她去参加母婴会。他很喜欢被一群准妈妈围着询问肚子里宝宝的心率。他甚至诊断出了一对双胞胎，连母亲本人和医院都没查出来。

"本？"过了两周后，他在早茶时间问道。

"怎么了，唐？"

"唐长大后可以当产婆吗？"

"呃……"

27

高尔夫与电影

"这周日去打高尔夫球不？"罗杰果真信守"承诺"，打电话说带我去打一局，然后一起吃晚饭。我还指望他会忘掉这事儿呢。

"嗯，可以的，星期天可以。我周一上午有个面试，咱们不会玩到很晚吧？"

"面试？你总算要找工作啦？"

我深吸一口气，劝自己别动怒。

"我打算回兽医学校去。艾米今年需要我陪，"我不甘示弱地回击，"等录取后，大约九月份过去吧。"

"好吧，祝你好运。希望他们不介意你离校这么多年。"

"谢谢，应该不会。"我说。

他妈的。

"那么，高尔夫球呢？"他不依不饶。

"星期天没问题。"

"好极了。"

圣诞节之后，整个冬天都挺暖和的，到了复活节却又下起大雪，弄得人们措手不及。不晓得为什么，罗杰认为这时候去打球再好不过。

"下雪天打球没关系吗？"

"不要紧，到时候就停了，毕竟都四月了。不管怎样，整个球场的草皮下面都有加热装置，整年都能玩。"

"整块球场？哇，那肯定很高级了。"

"是的，非常高级。你自己有球杆吗？"

"呃，球杆？"我父母退休后倒是也玩过，但后来我爸发现他得到的让步杆数越来越少，跟我妈的差距也逐渐拉大，就认定高尔夫球无聊极了，最后也就放弃了。要是球杆还留着，应该是连同他的网球拍和钓鱼竿一起放在阁楼上，"我不清楚，回头告诉你可以吗？"

"行啊，没问题，哥们儿。我还有一套备用的，到时候也给带上，反正我的后备厢够大。"

我咬紧牙关。"为了艾米，我忍，"我心里默念，"她会为我骄傲的。"

"咱带个球童怎么样？"罗杰继续说。

"我也要吗？"

"你当然可以不用，不过我反正有机械司机，我带它当球童。"

"稍等一下，"我把电话从耳边移开，"唐，你在哪儿？"

"在这儿。"他在屋子里某个地方应道。

"这儿是哪儿？"

"这儿。"

"好吧，你能听见我说话吗？"

"不能。"

"唐，好好说话。"

接着传来了喱嘟喱嘟的声音，唐出现了。

"现在能听到更多本的声音了。"

"星期天上午想出去吗？"

"去哪里？"

"和罗杰一起打高尔夫。"

"什么是高尔夫？"

"是一种球类运动，我等会儿再告诉你。你想不想去？"

"跟罗猪？"

"唐，不许这样叫。"

"是本说的。"

"好吧，先不说这个。你跟我一起去吧，我不想单独跟他待在一起。"

唐噘着嘴："那好吧。"

我把电话放回耳边："好的，我也会带上球童。"

"好极了。对了，如果你的车还坏着的话，我可以九点钟过去接你。"他挂了电话。

唐歪着头问："什么是球童？"

罗杰今天过得很不开心。他的机械司机兼球童突然发起脾气，大闹球场和会所，把里面砸了个稀巴烂。最后保安只好把这个可怜的机械人按在地上，由罗杰的保险公司派人把他和车一起带走了。我和罗杰都不想对艾米提这茬儿。

结果就是，我们俩被这家高尔夫会所永久逐出。回去时，我问他要不要捎他回家（我和唐是自己开车来的）。

最后我还是捎他回去了。我知道做人不该幸灾乐祸，但凡事都有例外。这个抢走我老婆的男人就是一例。我的确为他感到难过——毕竟我对艾米的脾气太懂了，非常感同身受。唐坐在罗杰身后哼着歌，仿佛刚刚度过了生命中最美好的一天。

到了他家，艾米来开门，然后双臂交叉着靠在了门边。罗杰不知所措，在车里坐了很久。他向我道歉，说无论如何都会弥补我这一天的行程。

"不要紧，真的。"我的语气十分诚恳。从后视镜里我看到唐正咧着嘴笑。

罗杰尴尬地扯着裤子上起的球。

"行啦，"我说，"迟早得进去。"

他点点头，下了车。我看见他对艾米说了些什么，接着想吻她，艾米扭过头，快步朝我走来，靠在我们的车窗上："谢谢你把他送回来。气死我了，还要花一大笔钱。我早就跟罗杰说了不知几遍，除了开车，别叫机械人干别的。他就是不听。"

"不要紧，"我说，"反正唐一路上很开心。"

她给了我一个大大的微笑："你待会儿有时间吗？咱俩可以一起吃个午饭。"

"当然了，听着很不错。"

"我会打给你。"她说。

我按下按钮，关上了车窗。

"我现在一点不想做罗杰。"我告诉后座上的唐。我是认真的，艾米或许是改变了一点，但她现在依然好吓人……尤其是怀孕的时候。

那天之后，我就没怎么见过罗杰了。

虽然打高尔夫那天的事有些失控，它却促使我开始思考该怎么与唐相处。他喜欢电子游戏和电影，尤其喜欢关于宠物的电视节目，还喜欢看马，不过我觉得应该跟他一起做点儿其他积极向上的活动。

第二天，我带他去公园打球，但对他来说，这活动比组词游戏和玩雪更难领会。他好像不懂"乐趣"的概念。

我把球扔给他，但球砸在他头上弹了出去。他愤怒地看着我。

"你要抓住它呀，唐。"

"为什么？"

"因为很好玩啊。"

"我不懂。"

我想了想该怎么给他解释："记得我们坐的玻璃船吗？看鱼的那次。你喜欢那次，对吧？"

"是的。"

"你记得自己那时候的心情吗？"

"是的。"

"所以是一样的。我们玩球是为了让你再次感受坐船时的心情。"

然而，关于那艘船的记忆对此刻的唐完全没有帮助，这个机器人更糊涂了。

"球是鱼吗？我要假装球是……鱼吗？"他扑通一声坐在了草地上，面板又弹开了。

"我希望你能让我把它修好，唐。"

"不要。"

我在湿漉漉的草地上挨着他坐了下来，"接球就像玩游戏……就像拼词游戏。你记得那个游戏吗？"

"记得。"

"没错，玩桌游时呢，人们会感到开心。"

"为什么？"

我把手放在他的小盒子脑袋上，叹了口气。我意识到，自己压根儿就不喜欢拼词游戏，怎么能指望向他解释其乐趣。

"那……换一个，你还记得我们去东京的路上玩的电脑游戏吗……就是人们互相踢对方的那个。"

唐的眼睛亮了起来。

"你喜欢玩那个游戏，记得吧？这就是一些人玩接球时的感觉。这下懂了吗？"

"哪些人？"

"什么哪些人？"

"哪些人喜欢玩球和拼词游戏？"

"我不清楚，就是有些人喜欢。这都不是关键。"

"什么是关键？"

"关键是，并不是每个人都喜欢同样的东西。有些人喜欢球类运动，有些人不……"

"可是是谁呢？"

"我不知道，唐，难道就不能是一些我不认识的人吗？"

"那本怎么知道他们喜欢？"

"什么叫我'怎么知道'？"

"如果本不知道谁喜欢玩游戏，那可能没人喜欢。可能本错了，可能游戏不好玩。"他把我问住了。

"唐，我们回家看电影好吗？"

"好。"

看《终结者》真是个糟糕的决定。我原以为唐会感兴趣，但他看得很惊慌。几分钟后，我决定看点儿别的。

"本为什么把电影关了？"

"因为太吓人了，唐，我觉得你不喜欢这部电影。"

"我可以再看一遍吗？"

"唐，相信我，还有很多其他的电影可以看。"

"我们现在不看电影了吗？"

"我们要看电影，只不过要换一部别的来看。"

"《星球大战》。"

"星球大马？"

"《星球大战》。"

这回他学对了。

"这个系列有很多集，看完要很多天。"

"很多集电影？"

"是的。"

"多少集？"

"我不太记得了，十二集吧，记不清了。"

"唐为什么会喜欢？"

"因为里面有机器人，你看了就知道了。"

"好的好的。"

电影开始了，唐先呆住了几分钟，然后大叫起来："快瞧这个金色的机械人！他他他他他！哈哈哈哈哈！"

"我觉得没什么好笑的，唐。"我说。不过从唐的角度来看，没准儿是蛮好笑的。

他逐渐看得入迷了，不再觉得好笑，开始迷恋上里面的机器人R2-D2，一看到R2-D2受到伤害，唐就会很生气。第一部结束的时候他坚信自己的银幕英雄被永远摧毁了，我费了好大一番口舌才让他相信R2-D2没事，这才让他移开挡着脸的爪钩。看到第三集和第四集的时候，我偷偷上网给他买了一张R2的海报，挂在了他卧室的墙上。

半夜，我被客厅传来的爆炸声、隆隆声和尖叫声吵醒了。金属质感的尖叫声表明是唐搞的鬼，不过我下楼前还是谨慎地拿起了床头柜上的马克杯，里面还有半杯热巧克力。

我下楼后发现，这个机器人正蜷缩在沙发后面，而电视里的终结者正被对手打得粉碎，唐看着又是尖叫又是跺脚，直到我关掉了电视才消停。

"唐，你到底在干吗？我说了别看这个。"我坐在沙发上，劝说他出来，"没关系了，你瞧，它已经不见了。"

他悄悄从沙发上方看了看黑色的屏幕，过来坐在了我旁边。

"你为什么要看这个？"

他一言不发，闷闷不乐的，眼角下垂着。

"我不是有意对你发脾气的，唐，我只是觉得你看了它会难过，所以才不让你看。"

"确实害我难过。"

"好嘛，我就说吧。"

"为什么人类要跟机器人作战？"

"嗯，因为他们是伤害人类的坏机器人，人类要阻止他们。"

"没有好的机器人……不公平，不是这样的。"

"我知道。但你要这么想，这些不是机器人，而是赛博格[1]。"

他拿起电工胶带："那好吧。"

---

[1]　赛博格：Cyborg，影片中的生化电子人。——译者注

我知道这样草率的解释对赛博格不公平，但现在是凌晨两点，我想回去睡觉了。

"你现在好了吗？可以去睡觉了吗？"

"是的。"

"好的。"我从沙发上站起来，环顾四周找我的拖鞋。

"等等，本。不睡觉，唐不睡觉。"

该死，功亏一篑。

"但是你说你没事的。"

"还是害怕。"

"害怕什么？"

"人类来了，把唐砸扁。"

我又坐了下来："没人会来砸你的，唐。我保证，我不会让他们这么做的。"

"唐和本一起睡。"

"不行，唐，你要睡在自己的房间。"

他用爪钩死死抓住我的睡衣："不，求求你，本，求求你……求求你！"

"好吧好吧，就今晚，"我穿上拖鞋，"走吧。"

28

出生

邦妮·爱米利娅出生于七月一日上午七点二十九分,重约三千二百克,母女平安。以上是发给布莱妮、罗杰、艾米的老板和家人的简要版本。长的版本则要戏剧性得多。

在艾米生宝宝前的某一天晚上,我突然想到,可以把家中的一间空房改成育儿室。这样,要是艾米哪天来家里小坐,还能把小宝宝放下来睡一觉。我花了好几天给房间刷上了中性颜色的油漆——因为艾米不打算提前查胎儿的性别。然后,我去镇上的母婴用品商店,把店里最贵的东西都买了一遍,主要是因为不知道该买什么,只能每样都买了。唐也提供了力所能及的帮助,但他的漆工太写意,不符合育儿室的风格,所以我派他端着杯子来回穿梭于育儿室和厨房,负责为我泡茶。他的厨艺也大有长进,尤其是加了箱子后,够得到灶台了。午夜降临,育儿室完工了,总算可以美美地睡上一觉了。

凌晨两点,我的电话响了。

"我的羊水破了。"

"罗杰呢?"

"他出差了,电话没人接。"

"真是帮了大忙。"

"可不是吗？"

"你现在宫缩间隔多久？"

"还没开始宫缩。"

"等我冲个澡就来。"

"你要干什么？"

"冲澡。我不想脏兮兮地去你家。"

"本，我都要生孩子了，谁管你干不干净。"

"那好吧。我穿好衣服就过去。"

我正要挂电话，听见艾米还在说。

"本？"

"怎么了？"

"带上唐。"

"呃……好吧，既然你这么要求了。"

"对，把他带来。"

我在屋子里跌跌撞撞，努力让自己清醒，同时在厨房里煮了杯咖啡，然后去叫唐起床。他嘟嘟囔囔地抱怨，乱挥爪钩打我的肚子。

"本自己去，唐不去。"

"不行，艾米要生孩子了，她需要你。"

"为什么？"

"我不知道，可能因为有你在，她更踏实吧。"

"但是有医院。"

"我知道，但是她想要你陪她，好吗？我知道现在是深夜，但她要找你。事实上，我认为你比我更重要。"

"罗杰呢？"

"他不在。"

"去哪儿了？"

"先别管这些了，好吗？我们在这里，我们得去帮艾米，因为我们爱她，对吗？"

"是的。"他说着从蒲团滚到了地板上，砸出巨大的响声，好不容易才站起来。

"我现在来。"

"好的，等我把衬衫熨一下。"

唐向我眨了眨眼。

"我得熨一下衬衫，我没衣服穿。"

"为什么本要衬衫？穿什么都可以，不是吗？"

"但是今天非常重要，我想穿得精神点。"

"唐觉得不用。"他目不转睛地注视着我，盯得我恢复了理智。我在想什么？都这时候了，艾米才不会管我穿什么。这时候电话又响了。

"你过来了吗？"

"还没，不过马上就出门。"

"你怎么还没出门？你说不会去洗澡的！"

"我没有，我刚把唐叫起来。"

"他也来了吧？"

"来了来了，他也来了。"

"确定吗？本，我需要他，没有他我做不到。"她开始哭了起来。闻所未闻！在艾米看来，孩子的父亲（疑似）和布莱妮在此刻都无关紧要，唯一需要的竟然是一个过时的机器人。看来这九个月的确发生了不少事情。

"艾米，你别急，听我说，唐来了。我们俩都来，很快就到。"

"我该怎么办？"

"嗯……产课老师怎么教的？"这是罗杰少有地陪她做过的事情之一——上产课。

"他们说要保持直立，深呼吸，不要慌。"

"那你试试。"

"我试试看。"

"坐在那个球上。"

"好主意。"

半路上艾米发来短信说她没锁门，所以我们一到就直接进去了。

"艾米，你在哪儿？"

"在这里。"

"这里是哪儿？"

唐指着楼上。

"你能听到婴儿的声音吗，唐？他还好吗？"我边上楼边问他。

"是的。"他说。我冲到艾米的卧室，留唐自己慢慢爬。我发现艾米正躺在新装修的婴儿房的一块羊皮地毯上，手里拿着手机在看。

"艾米，你怎么了？你在干吗？怎么躺在地上？"

"我在玩游戏。"

"玩什么？"

"你叫我冷静，所以我想玩会儿游戏，转移下注意力。我刚拿了最高分哟。"

"这样会不会有点儿……"我刚开口，艾米就瞪向我。在那一刻我意识到，在这紧要关头，做什么说什么都是错的，还是逆来顺受吧，她说啥就是啥。

"我在球上坐了一会儿，但是太无聊了。"

"嗯，想想也是。"

"对了，我已经开始宫缩了。"

"什么？"

她解释了几分钟前的一次小宫缩。

"你很冷静。"

"我在玩游戏，而且我知道你们就要到了呀。"

我想，我已经跟不上艾米生产过程中的情绪变化了，所以就没吱声。

"还是联系不上罗杰。"

"过会儿再打打看。"我说。

突然，艾米扔下电话把身子转向了一边，一副忍受着剧痛的表情。

"你没事儿吧？"

"我他妈的怎么会没事？白痴，我他妈的要生了！"

我赶紧帮她揉揉后背。

"滚，别碰我！"

我立刻举起手来，跟在银行被抢劫了一样。

这时候唐过来了："艾米很好。婴儿很好。艾米必须呼吸。"

两分钟后，宫缩消失了。

"对不起，"她说，看来这阵宫缩结束了，"我都没给你倒杯咖啡什么的，我去煮一杯来。"

她想站起来，我赶紧把她拦住，可不敢让她碰开水："艾米，你现在还有更要紧的任务，先别管咖啡了。"

她点点头。

"咱先去医院吧。"我觉得此刻自己的呼吸有千钧重，提出这个建议不亚于冒生命危险，鬼知道现在我面对的是哪种心情的艾米。

她同意了，但要先打个电话过去。

"我打吧。"我主动要求，但艾米摇了摇头。

"他们希望孕妇自己打电话过去，好判断宫缩的强度和频次。"

我点了点头，但还是拿起她的电话先帮她拨通。

"小心点，我刚把游戏暂停了，别把我的记录弄丢了。"

艾米向医院简单说明了情况，包括怀孕时长（大约三十九周）和她本人对生产进度的判断，一分钟后挂断了电话。

"怎么说？"

"他们说我的声音听起来还挺稳定的，不用着急，可能宫缩还不够剧烈，建议我洗个澡再过去。"

"还有这说法？"

"洗澡能缓解疼痛。"

"好吧，我给你把水放好。"

我想了想："用不用我在边上陪你？"

她皱了皱眉："不然呢，这算哪门子问题？"

"毕竟咱俩不在一起了……可能你不希望我看你身子。"

"本，你听好，一会儿我生的时候你还得在边上陪产，你会亲眼看着一个婴儿从我阴道里出来，所以看我洗澡真没啥大不了的。"

我刚要站起来，又一阵宫缩向艾米袭来。我束手无策，但艾米开始指挥我："还愣着干吗？快去拿扑热息痛，快滚去放洗澡水啊！"

艾米在浴室里待了好几个小时，准确讲是四个小时。唐和我坐在边上，用温水淋她的身体。艾米每来一阵宫缩，我们就赶紧把她精心挑选的香薰蜡烛移到她够不着的地方。宫缩期间她不让我碰她，但唐可以伸出爪钩把贴在她脸上的头发拨开（但不能戳到她的眼睛），还能用凉毛巾给她擦额头。

宫缩过后，我告诉她，她看上去很好。她虚弱地笑了笑，但我能看出这种恭维使她很高兴。她非得要我去楼下煮咖啡，我自作主张带回一堆吃的。

"书上说生孩子的时候要吃点东西。"

"我不想吃。"

"尽量吃点吧，吃根香蕉。"

"本说得对，"唐劝艾米，"艾米香蕉。"

她把水果硬塞进肚里，又一阵宫缩袭来。

"唐认为现在要去医院了。"唐说。

"我没事，唐，"艾米回答说，"我在浴缸里挺好的。"

"艾米，唐说得对，宫缩已经很频繁了，我真觉得咱们得去医院了。"

"既然你这样觉得，唐，那就去吧。"

她把自己撑起来，我帮助她出了浴缸。

"我帮你拿长袍。"我说着走出浴室。

"本！"她叫道。

"怎么啦？"

"我感觉宝宝的头要出来了。"

赶往医院的路上，我为艾米感到骄傲。面对宫缩她应对得很好，完全是我心目中那个自控能力强大的艾米。在间歇期，我向她表示了敬意。

"我正在使劲把孩子憋回去。"她告诉我，我感到自己热血上涌，定是满脸通红。

一到医院，不顾我的解释，他们就让我们先去分诊室。当班的助产士微笑着招呼我们，问我是不是孩子的父亲。

"是的，他当然是。"艾米说，我有点脸红。然后助产士低头看着唐："这是您的吗？"

"是我的。"

"可能机器人不能留在这里，要不让它去外面等？"

我正要争辩，艾米恶狠狠地接话："不行！"然后伸手死死抓着唐。

助产士妥协了，问艾米能不能先去留尿样。不料艾米猛地夺过助产士手里的尿样杯，一把摔到了角落。

"宝宝的头出来了，我感觉到了。"她并没有提高嗓门，也没有骂脏话，但语气里的威胁足以让人不寒而栗，想必这也是她打赢那么多场官司的杀手锏。

"好吧，那麻烦您先上推车，我替您看看。"助产士说，同时拉上了布帘子，隔出半间房。艾米一把扯掉自己的衣服，助产士愣愣地看着赤裸的艾米。

"快！"她大喊，"我们这儿要生了，把分娩包给我！"

我往艾米身下一看，果然——婴儿的头已经出来了。

"婴儿的头出来了，艾米！"我说。

唐站在艾米边上，为她捋着头发，同时狠狠瞪了我一眼。

"能给她用点止痛药吗？"我问助产士。

"恐怕已经晚了。别担心，用不了几分钟。"

唐和我一人握着艾米的一只手，不过他表现得比我好多了。我使劲不露出痛苦的表情。

没过几分钟，宝宝就出来了，是个小女娃。看到她的第一眼，我就知道她是我的孩子。

罗杰在探视时间结束前一小时才姗姗来迟，距邦妮出生已经过了快十二个小时。艾米请我和唐先回避一下，她想跟罗杰聊聊。

"他去哪里出差啦？"我去拿咖啡时问唐，"图瓦卢？"

"不是，普利茅斯。"

"普利茅斯？你怎么知道的？"

"艾米说的，她说'普利茅斯重要还是我生孩子重要？'"

"看来罗杰这下惨了。"

"没错。"唐也笑了。

"唐，我知道咱们都不喜欢罗杰，但我们不该幸灾乐祸。"

他抓着电工胶带，有些不知所措。于是我补了一句："但我还是有点高兴，这么一来，我可不是艾米眼里唯一的一个傻瓜了。至少我从没做过这么糟糕的事。"

半小时后，艾米给我发了短信，说罗杰已经走了，她要我们在探视结束前赶紧过去。

"艾米，罗杰怎么了？"

她不舒服地挪动着，紧紧地抱着邦妮："他走了。"

肯定是看我一脸困惑，艾米接着说道："不，我是说他走了，他从不想当父亲。我想，他根本不想严肃对待一些事情，他只是觉得我是个值得炫耀的战利品，或者觉得我的成就能配得上他自己之类的。"

我提出要去揍他。

"不值当的，本，"她眼中含泪，"不过还是谢谢你。你真好。"

"那你和邦妮怎么办？他让你们搬出去吗？"

"还没有，他说给我几个星期，要我想好接下来怎么做。"

"那真是很慷慨呢。"

"可不是嘛。"

"我得去和戴夫谈谈，他真是交友不慎。"

"那你得排队了，布莱妮肯定要抢第一。"

"艾米，别误会我，但我希望你和邦妮回哈雷温特南住。"

"可是……可是我撒下了你，你为什么还要我回家？"她的脸颊上挂满了泪水。

"过去发生了太多事情，艾米。我不是要重归于好，只是……这么说吧，我希望你们去我那儿住，我买了很多必需品，都是给婴儿用的。我给她准备了婴儿房……当时想着你万一哪天有急事可以派得上用场。我去罗杰家帮你把东西打包拿来，你就不用亲自面对他了。"

"你准备了婴儿房？"

我点了点头。

艾米握着我的手，然后按在了她的嘴唇上："这个建议真是好极了，我们母女很乐意搬进去。"

在接下来的二十四小时里，我一直在忙着收拾房间。我出门去医院接艾米和邦妮时，唐正在四处挥舞鸡毛掸子，我们回家时房子已经一尘不染。

"我留在这儿，"我离开时他告诉我，"我做三明治给艾米和邦妮。"

"邦妮现在只喝奶，唐，但还是谢谢你。"

他笑了，叮叮当当地走向厨房。

我们离开医院时，艾米说："我好想喝香槟。"

"记住，艾米，当妈妈是天赐的礼物，好好享受哟。"我一本正经地提醒她，结果胳膊被她砸了一拳。

"其实喝一小杯不要紧的，等到家我给你倒。辛苦了这么久，你应得的。我还有一些奶酪和腌熏三文鱼，你要是饿了就吃点。"

"哦，我想起来了，家里还有布莱妮和戴夫在我们结婚纪念日送的香槟！"

"呃……"

唐第一次看艾米哺乳时还挺有说头的。虽然艾米向来很耐心，而且和唐已经形影不离了，但也承受不住这个小机器人对自己乳沟的入神凝视。

"邦妮在干吗？"

"她在喝奶，唐。"我解释道。

"喝奶？"

"是的，邦妮在喝艾米的母乳。"话一出口，我就后悔了，或许该换个解释的。

唐皱了皱眉："母乳是从艾米来的？"

"是的。"

"艾米坏了？"

"没有啊，为什么这么问？"

"因为艾米在漏水。"

"不是的，唐，"艾米解释说，同时摸了摸唐的脸，"我没有漏水，我很好，放心吧。而且恰恰相反，喝奶对邦妮有好处。"

他惊讶得眨巴着眼睛。

"不过，"她说，"能不能麻烦你去楼上找找我的吸奶泵？就在婴儿房里。"

"泵？"

艾米向唐描述了吸奶泵的样子，他转身上楼了。

大约十分钟后他回来了，居然把吸奶泵吸在了自己头上，还把它打开了！吸奶泵努力挤着不存在的母乳，于是唐的脑袋发出了奇怪的吮吸声。

唐受不了："哎呀。"

"唐，你到底在干吗？"艾米和我同时大喊，邦妮都被吵醒了。

唐向我们眨了眨眼睛，只见他丢下遥控器，把泵从头上拔了下来，但它还吸在唐的身上，仍没停止工作。我过去把它关掉，然后从唐身上拿了下来。

"你为什么把泵放在头上？"

"想看看会发生什么事。"

"为什么呢？"

唐耸耸肩："就试试呗。"

一个星期天，我的外甥和外甥女非要布莱妮送他们来找唐玩。他们冲进屋子，搜寻一番后终于在楼上的房间里找到了唐。唐那时正在和衣柜玩耍，一会儿进一会儿出，这是他目前最喜欢的事情（现在他完全不害怕女巫了）。我在厨房煮咖啡，布莱妮则在跟艾米聊天。

"我的宝贝侄女儿呢？"我听见从客厅里传来响亮的声音，接着是一声飞吻。

突然，布莱妮飞快地跑过来，抓着我躲到了客厅角落里，硬要逼问我："快说说，你跟艾米怎么样了？我问她，她不肯说。"

"你什么意思？"

"得了吧，本，邦妮出生那天，她和罗杰分手了，然后马上就搬回来了。我该怎么想呢？"

"没什么好说的，布莱妮。她和罗杰分手了，因为罗杰不想当爸爸，也不想尝试。"

"你也不想做爸爸。"

"但我现在想了。"

"那你们复合了？"

"没有，艾米和邦妮在这里是有原因的。罗杰不想让她们再住在自己家，我也不希望她们无家可归。而且，我希望她们住在这里。"

"那你真的希望艾米回来？"

"说实话，罗杰跟她没成，若说我不激动都是假的，但这事情挺微妙的。我不希望再让艾米失望，也不想对自己失望。也许有一天我们会复合，但现在还不是时候。"

布莱妮抱住了我："爸爸妈妈会为你骄傲的。"

"但愿如此。他们在世的时候，我没有做过任何让他们骄傲的事情。如果他们觉得我现在有所长进了，真是太好了。"

"他们一定很喜欢你的旅行故事。"

我笑了笑："也是，这也是他们的爱好。"

"你其实跟他们俩很像。"

"好像是的。"

"你记得他们说过要上太空吗？"

"要不我们俩替他们完成心愿吧，带上唐一起。"我顿了一下，"还有，我希望爸爸妈妈能见到艾米和邦妮。"我带点调侃地说。

"我也想，但是，我希望他们也能见见唐，他们肯定会彻底迷上他的。"

"你也这么想吗？"

"当然了，他们会觉得他很迷人。大家都这么想，孩子们也崇拜他。你对他的看法是正确的。"

我不知道该说些什么。

"当然，这意味着我们将不得不改变对其他人工智能的看法。我觉得圣诞节给我家的机械管家放假挺好的，不想却惹得他惊慌失措。那一整天他都跟在我后面，问他能不能做点什么。我只好让他去雪地上画篱笆，好让他有事做。"

"别担心，布莱妮，慢慢来，又不需要你去组织人工智能平权运动，你只要善待他们，对他们多些尊重。"

"你说罗杰的机械司机为什么会失灵？"

"可能……要是让我载着罗杰到处跑，我也会出故障吧。"

"不错嘛，本。你已经脱胎换骨，转型升级了。"

"没有，没有。只是我决定了，要活得自在些。"

"是的，不过，也不是非得环游世界才会快活。"

"可能我非得那样才行。"

"管用不？你现在开心吗？"

"我现在还有许多事要做。不过，是的，我现在很快乐。"

"那我就放心了。"

29

瞧那一家子

布莱妮一家旋风般离开了。艾米坐在沙发上摇着婴儿床，我问她怎么知道邦妮是我的。

"我去做了亲子鉴定……然后就知道了。在医院那天，我把结果告诉了罗杰。我知道一直以来他就从没真正关心过这些，但得知后他还是很不开心。我想这也不过是证实了他早已清楚的事实。"

"什么事实？"

"他永远不会是我的意中人。按理说，他应该符合要求，实际上并没有。"

"真有趣，"我说，"我还以为这是你对我的评价。"

"我从没这么想过。"

她顿了几秒，气氛尴尬极了，于是我又谈起了邦妮。

"从看见她的第一眼起我就知道了。我是说，她的头发那么好笑，除了我的孩子也没别人了。"

艾米笑了笑。

"你总算如愿以偿了，替你开心，"我说，"终于有了孩子。"

"本，我不只是想要孩子，我一直想要我们的孩子。"

"我要是早点知道就好了。"

"怪我说得不够清楚。"

"我们真是太不了解对方了，是吧？"

"确实。"

"我不明白你想要什么，你不明白我为什么整天无所事事地消磨时间。"

她点了点头。

"我现在知道了，你一直没从悲痛中走出来。"她沉默了几秒钟，然后换了话题，"你是不是要回去培训了？"

我看着她，有点疑惑。

"罗杰没告诉你吗？"

"告诉我什么？"

"我昨天收到一封信。"我打开书桌的抽屉，把一个大信封递给艾米。

"亲爱的钱伯斯先生，"她念道，"我们很高兴地通知您，您在我校的学籍已恢复，将再次接受杰弗·汉密尔顿博士的管理与监督……"她停下了，用柔软的小手轻轻抚上我的脸颊。"本，真是太好了。"

有些话不吐不快，我稍稍欠身："离家的这段时间，我一直认为，我得改变才能赢回你。但得知你和罗杰在一起后，我才知道一切都晚了。然后我意识到，我并不仅是为了赢回你而改变自己，更是为了我自己。听说你和别人在一起时，我意识到我没能成为你希望我成为的那个人，所以我必须想清楚自己希望过怎样的人生，以及如何实现自己的想法。我没想到我的人生中还包括一个婴儿，但我也没别的办法拥有这么一个宝贝了。我只是希望，我九月在兽医学校的课程能说明点什么，希望你和邦妮能给我个机会。"

艾米看了我很长时间，她那双浅绿色的眼睛一直深入我的心底。然后她没忍住笑了起来，随后俯身吻了我的嘴，但并不是很满意。她闻到了茶和宝宝的味道。

然后，我召唤了全身的意志力，慢慢地把她的胳膊从我的肩膀上移开，往后退了退。

"艾米，还不到时候，"她看起来很忧虑，但我还是说了下去，"我们彼此伤害过。我不希望给咱俩，或者邦妮造成痛苦。"

"你怎么会觉得我们还会伤害彼此呢？"

"因为你不知道我是否适合你，我自己都不知道自己是什么样的人，所以怎么能确定咱俩能重归于好呢？"

她忧虑的皱眉变成了一个可怕的皱眉，她咬了咬嘴唇。

我牵起她的手："我爱你，我会为你和宝宝做任何事，但我们都需要时间调整。"

"我不会再不告而别了……这次不会了。"我补充道。

艾米的脸颊上淌着两行眼泪，她用手把它们擦掉了，然后点了点头。

"你去睡一觉吧，"我说，"我来看着邦妮。"

"可以吗？"她说，眼睛都亮了。

"当然，你想干什么都行。"

"来吧，唐，"我上楼的时候说，"我们带邦妮去看小马吧。"

作者手记

　　该从哪里说起呢？一切都源于一个名字——Acrid Tang，臭臭唐。那天晚上，我和丈夫在讨论气味（我们家里来了个小婴儿），他用了这么个词描述当时的味道。我说"臭臭唐"听起来像个机器人，我们都笑了。

　　不多时，我立马就在脑海中勾勒出了一个机器人的形象——方盒子身体上顶着一个方脑袋，被一个疯狂的科学家匆匆忙忙造出来。我还知道，唐会有个名叫本的伤心的朋友，他会带着小机器人在世界各地寻找唐的主人。我也知道，本是在一个清晨，在自家后花园里遇到这个机器人的。故事从此开始，就这样我开始了写作。

　　从日夜啼哭的婴儿到蹒跚学步的宝宝，我家的小朋友为我提供了无穷无尽的有趣素材，都被我或多或少、或直接或间接地嫁接在了小机器人的角色上。

　　在写作过程中，机器人技术是绕不开的话题。尽管我本人是个技术迷，但我始终对唐的运作机制不感兴趣，包括他的供电模式、是否需要进食或睡眠，等等。相较于这些，我更在乎他的性格。一开始，我打算先写好本和唐的性格特点，等他们俩经历的事情引发戏剧冲突、闹出笑话后，再做扩充。而他们俩的确常常会闹出笑话，于是，本对唐的了解越来越深，我对唐的性格以及机器人技术的了解也与日俱增。尽管我也知道，无论我再怎么力求描写得科学性和准确性，恐怕还是会偏心，会美化我的小机器人。

我心目中的唐富有同理心，天生敏感、固执，有时还爱摆布别人。而且这些特质还会发展到更复杂的水平，超出他的创造者博林杰的预期。在某种意义上，唐的敏感和同理心都是博林杰本人所不具备的特质，而这个恶棍自大地认为自己的作品必将是自己的化身。

关于唐面部表情的传达的确比较棘手。我的设定是，唐主要通过肢体语言表达自己，比如兴奋的时候会左右踱步，而有时本会脑补机器人的表情。我有时会把唐与格洛米[1]作比，后者的表情和情绪来自眼睛、耳朵和身体语言的结合，因为它无法通过嘴形的变化（格洛米没有嘴巴）或是语言来表达情绪。虽然唐的选择比格洛米更多，但基本的理念是一致的。

有些读者可能会失望，因为小说未曾涉及唐的具体运作机制，尤其是他的动力来源。而这其实也为这部分读者提供了自我发挥和想象的空间——会不会是唐有块太阳能电池板，而本从未注意到？又或者，是不是唐身上的芯片有永动机的机制，所以博林杰才会坚持要夺回芯片？也可能唐的电池只是非常高效，它的运行时间比小说所描述的时间范围长得多？再说下去，就是另一个故事了……

---

[1] 格洛米: Gromit，英式系列黏土动画片《超级无敌掌门狗》中的主角小狗。——译者注

致谢

首先，我要感谢我的丈夫斯特凡，我爱他。尽管做一个全职作家很可能一文不名，还可能导致财政危机，但他始终坚定地鼓励我追求自己的作家梦，这也是本书能够最终面世的原因。同样，我要感谢我的母亲和其他家庭成员以及朋友们的支持。在过去的两年里，他们为我照顾孩子，分担家务。"放弃不切实际的雄心壮志吧""找份靠谱的工作吧"，这些话可能许多全职作家都听过无数遍了，幸运的是，我身边从未有人提过。我也要感谢我的儿子托比，感谢他优质的睡眠使我得以集中精力写作，而且他每天总能逗我开怀大笑。

我还要感谢我的写作团队索利哈尔（Solihull）作家研讨会，特别是酒吧俱乐部（Pub Club）那些亲爱的朋友们，大家的鼓励、友爱和批评促使我完成了写作。尤其是皮特、莉兹、德恩、莎拉以及雷，谢谢你们，非常高兴能经常在那里听你们谈起各自的作品。

我还要向我的经纪人詹妮·萨维尔致以诚挚的谢意，是她在看到我的初稿后，始终相信我，并帮助我不断打磨作品。感谢优秀的出版代理商安德鲁纳伯格（Andrew Nurnberg Associates），是你们帮助唐走向了世界，让更多的读者认识了这个小机器人。

感谢我的编辑简·劳森。成为作家是我一直以来的梦想，然而也避免不了偶尔的灰心丧气，是她一次次地帮我重振旗鼓，让我发自内心地相信，自己可以成为职业小说家。感谢环球出版社（Transworld）的朋友们，他们帮我把铅字变成电子书，让更多的读者得以读到我的作品。

我还想感谢伟大的推特。过去一年，我在这上面结识了许多读者和作家，是他们不断提醒着我：尽管写作是一项长期的孤单的事业，但我并不孤独。

最后，我要感谢作家协会，没有他们，我不会有机会写下这篇致谢。2013年9月，在他们举办的约克郡写作节上，我遇到了詹妮，并在座无虚席的场合把这本书读给了大家听，这给了我莫大的信心。

关于作者

    黛博拉·因斯托是一位网站文案编辑，其处女作小说《花园里的机器人》的灵感来自小儿子，并以大量的技术研究铺底。黛博拉现与家人一起居住在伯明翰，她在那里烤着美味的蛋糕，写着更好的作品。